So viel Liebe

Moni Nilsson

So viel Liebe

Aus dem Schwedischen von
Angelika Kutsch

CARLSEN

Dieses Buch wurde mit freundlicher Unterstützung des
schwedischen Kulturrats (Kulturrådet) gefördert.
www.kulturradet.se

MIX
Papier aus verantwortungsvollen Quellen
FSC® C014496
FSC
www.fsc.org

Originalverlag: Natur & Kultur, Stockholm, 2018
Originaltitel: Så mycket kärlek kan inte dö
Published in agreement with Koja Agency
Aus dem Schwedischen von Angelika Kutsch
Umschlaggestaltung: formlabor unter Verwendung von Bildern von
shutterstock.com@Smartha/Eisfrei/Ivan Feoktistov/AcantStudio
Lektorat: Katja Maatsch
Layout und Herstellung: Karen Kollmetz
Druck und Bindung: GGP Media GmbH, Pößneck
ISBN 978-3-551-55392-8
Printed in Germany

Für Jessica Skarpsvärd,
die wollte, dass ich dieses Buch schreibe,
obwohl sie es selbst nicht zu Ende lesen konnte.

Noa

Du tust mir so leid«, sagt Noa und guckt mich mit ihren grünen Augen an. Niemand hat so grüne, freundliche Augen wie meine beste Freundin. Ich habe sie schrecklich lieb! Sie hat mich genauso lieb. Sogar wenn ich sauer bin. Und ich habe sie lieb, wenn sie langweilig ist und zu nichts Lust hat. Wir sind uns ähnlich wie eineiige Zwillinge. Bei wichtigen Sachen sind wir immer einer Meinung. Unsere Lieblingstiere sind Delfine, und wenn wir groß sind, wollen wir Delfinpflegerinnen werden. Wir müssen immer gleichzeitig zum Klo, werden zu genau derselben Zeit krank und pulen beide gerne am Schorf unserer Wunden.

Lucas, mein großer Bruder, sagt, wir sind beide gleich eklig.

Eigentlich heißt Noa Nora, aber als ich noch klein war, konnte ich das r nicht aussprechen. Seitdem nennen sie alle nur Noa.

Es gibt nichts, was Noa nicht von mir weiß. Nichts, was ich nicht von ihr weiß.

»Wieso?«, frage ich erstaunt. »Warum tu ich dir leid?«

»Weißt du es denn nicht?«, fragt Noa.

»Nein, ich kapier gar nichts.«

»Weil deine Mama sterben wird.« Noas grüne Augen werden dunkel und ihr ganzes Gesicht ist traurig.

»Wird sie nicht«, sage ich.

»Das habe ich gestern im Fernsehen gesehen. Bei der Krebsgala. Aber Mama hat gesagt, dass ich dir nichts erzählen darf.«

Ich gucke Noa genau an, um festzustellen, ob sie einen Witz macht. Dann wäre es aber ein sehr schlechter Witz. Doch Noas Gesicht sieht kein bisschen nach Lachen aus.

»Deine Mama hat es selbst gesagt im Fernsehen.«

»Hat sie nicht«, sage ich.

»Hat sie doch«, sagt Noa. Sie sieht aus, als würde sie gleich anfangen zu weinen.

»*Deine Mama* kann sterben«, sage ich und gebe ihr einen Schubs.

So einen festen Schubs, dass sie hinfällt. In eine Pfütze. Dann trete ich ihr gegen das Bein.

»Ich hasse dich!«, schreie ich. Und trete noch einmal zu. Ganz fest.

Noa fängt an zu weinen. Ein paar andere aus unserer Klasse holen eine Pausenaufsicht.

Als die kommt, renne ich weg. Weg aus der Schule. Weg von Noa. Weg. Weg. Weg.

Mein Herz klopft, als wollte es kaputtgehen.

Mama

Alle anderen Mamas arbeiten. Meine Mama ist fast immer zu Hause, schon seit ich in die erste Klasse gekommen bin. Sie sagt, ihre Arbeit ist es, gesund zu werden. Und mich rund um die Uhr lieb zu haben.

»Hallo!«, rufe ich, sobald ich meinen Ranzen im Flur auf den Boden fallen lasse.

»Hallo, meine kleine Amsel«, ruft Mama dann zurück. »Appetit auf was Leckeres?«

Sie hat verschiedene Namen für mich. Mal sagt sie Schätzchen, mal Lämmchen oder Gänseblümchen, weil sie die Wiesen im Frühling so hübsch findet. Lea, wie ich eigentlich heiße, nennt sie mich fast nie. Aber immer, immer habe ich Appetit auf was Leckeres. Und Mama auch.

Ich kann mich kaum noch erinnern, wie das war, bevor Mama krank wurde und mich rund um die Uhr lieb haben konnte. Früher hat sie auch ihre Arbeit geliebt. Bei einer Zeitung. Jetzt hat sie keine Kraft mehr zu arbeiten. Aber wenn ich nachts wach werde und zu ihr ins Bett krieche, kann sie mich immer noch lieb haben. Oder wenn ich meine Schlüssel verbummelt oder die Sportklamotten verloren habe.

Manchmal ist sie schrecklich krank und muss sich in die Toilette übergeben. Sie verliert ihre Haare und wird glatzköpfiger als ein Fisch. Dann male ich ihr mit Filzstiften Tattoos auf den Kopf. Manchmal ist sie gesund und die Haare wachsen wieder. Dann unternehmen wir lustige Sachen, gehen ins Kino, besuchen Freunde oder verreisen.

Mama wollte immer schon nach Bora Bora. Das ist eine Insel, die zu Französisch-Polynesien gehört. Seit wir im Fernsehen eine Sendung darüber gesehen haben, hatte Mama Sehnsucht danach. Als sie sechsunddreißig wurde, haben Papa und ich ihr die Reise geschenkt. Er hat sich Geld bei der Bank geliehen und ich habe mir Geld von Oma und Opa geliehen. Im letzten Jahr, als Mamas Haare wieder anfingen zu wachsen, grau und kraus statt dunkel und glatt wie früher, sind wir über Weihnachten hingeflogen. Die ganze Familie. Wir mussten furchtbar lange fliegen und haben in einer Hütte gewohnt, die auf hohen Stelzen draußen im Wasser stand. Auf dem Dach gab es große Eidechsen, und die Hütte hatte einen gläsernen Boden, durch den man die Fische im Meer sehen konnte.

Niemals ist jemand gesünder gewesen als meine Mama auf Bora Bora. Wir haben über Korallenriffen in tausend Farben geschnorchelt, gebadet, uns gesonnt und sind mit riesigen Rochen, die einen samtweichen Bauch hatten, um die Wette geschwommen. Ich habe sogar Delfine gesehen, zwar nicht aus der Nähe, aber so etwas Schönes habe ich noch nie gesehen. Selbst Lucas, der meistens schlechte Laune hat und in seinem Zimmer laute Musik hört, war fröhlich und brachte mir an den Abenden Kartenspiele bei. Mama und Papa waren total verliebt, gingen Hand in Hand und küssten sich, dass es schon peinlich war.

Mama und ich kauften uns jede ein geblümtes Tuch und knoteten es über unsere Kleider. Wir pflückten Hibiskusblüten und steckten sie uns in die Haare, genau wie die Mädchen in Polynesien. Das Tuch habe ich noch. Es riecht immer noch nach Meer, Delfinen, Korallen und Glück. Ich werde es niemals waschen.

Am letzten Tag auf Bora Bora, als Mama und ich am Strand saßen, die Füße im Meer, fing Mama plötzlich an zu weinen.

»Warum bist du traurig?«, fragte ich.

»Ich bin nicht traurig«, antwortete Mama. »Ich weine, weil ich im Augenblick der glücklichste Mensch auf der ganzen Welt bin. Stell dir vor, mein Vögelchen, das alles habe ich dir zu verdanken.«

»Papa hat auch geholfen«, sagte ich und reckte mich etwas. Es ist komisch, wenn man sich wie der wichtigste Mensch auf der Welt fühlt, scheint man zu wachsen und so stark zu sein, als könnte man einen Schreibtisch ganz allein tragen.

»Vergiss diese Reise nie«, sagte Mama. »Wenn du später im Leben einmal traurig bist, erinner dich und denk daran, wie es war, als wir unsere Zehen im Stillen Ozean gebadet haben. Wochen wie diese sind genauso lang wie fünfzehn ziemlich langweilige Jahre.«

Jedes Mal, wenn Mama so etwas sagt, kriege ich einen Angstklumpen im Bauch. Ich bin ja nicht blöd, dass ich nichts kapiere. Zum Beispiel, dass Mama Krebs hat und man daran sterben kann. Ich versteh doch, was die Erwachsenen reden, auch wenn sie glauben, dass ich nicht hinhöre.

»Aber jetzt bist du gesund«, sagte ich. »Das bist du doch?«

»Im Augenblick ist niemand gesünder als ich«, antwortete sie und zog mich an sich. »Aber wenn sie keine neue Medizin finden, werde ich nie mehr gesund. Das weißt du.«

»Ja«, flüsterte ich und drückte mich fest an sie.

Ich hasse Mamas Krankheit, die sich in ihrem Körper versteckt, ohne dass man sie von außen sehen kann. Und ich hasse ihren Arzt, der nicht die richtige Medizin für sie hat.

Jetzt ist es ein halbes Jahr her, seit wir auf Bora Bora waren. Danach sind wir noch nach Neuseeland gefahren und haben Mamas kleinen Bruder Lasse besucht, der dort wohnt. Da musste ich Englisch sprechen, denn meine Cousinen können kein Schwedisch. Sie können überhaupt nicht gut sprechen. Sie sind ja erst drei und ein Jahr alt.

In Neuseeland war es auch schön, aber auf Bora Bora war es viel schöner. Dort wollen Noa und ich hinziehen, wenn wir groß sind.

Als wir nach Hause kamen, ist Mama wieder krank geworden und hat alle ihre Locken verloren. Ich habe auf Mamas blanken Kopf einen Rochen gemalt, aber der ist nicht besonders gut geworden, einen Delfin und einen blau gestreiften Fisch. Sie sollte lieber an unsere Reise denken als an ihre Krankheit.

Und ich auch. Es ist viel schöner, an Bora Bora zu denken als an Krebs.

Ich darf nicht vergessen, Noa zu hassen

Oma und Opa haben bei uns übernachtet, als Mama und Papa in Stockholm auf der Krebsgala waren. Aber als ich aus der Schule nach Hause komme, sitzt Mama schon wieder auf dem Sofa und schreibt auf ihrem Laptop.

»Gänseblümchen, du bist schon da?«, sagt sie erstaunt.

»Ja«, sage ich und stürme an ihr vorbei, die Treppe hinauf in mein Zimmer.

»Wollen wir nicht was Leckeres essen?«, ruft Mama.

»Nein!«, schreie ich wütend und knalle die Tür zu.

Ich weiß nicht, auf wen ich wütender bin, auf Noa, Mama und Papa oder auf Oma und Opa, die mir nicht erlaubt haben, die Krebsgala anzuschauen. Warum durfte Noa sie sehen? Das ist ungerecht! *Meine* Mama war doch dabei, nicht Noas. Doofe, blöde Noa.

Ich bin so wütend, dass ich das gerahmte Foto von meiner Kommode reiße und auf den Boden schmeiße. Das Glas geht kaputt, genau wie mein Herz. Es ist ein Bild von Noa und mir im Fußballtrikot. Wir haben einander die Arme um die Schultern gelegt und sehen fröhlich aus. Kein Wunder. Wir haben gerade ein wichtiges Spiel gewonnen. Ich reiße das Foto in der Mitte durch. Am wütendsten bin ich auf Noa. Wieso erzählt mir meine beste Freundin, dass meine Mama sterben wird?

Plötzlich weiß ich es: Solange ich Noa hasse, wird Mama nicht sterben.

Bleistiftkratzen und Mamas Luftschnappen

Ich höre Mama telefonieren und dann höre ich sie die Treppe heraufkommen. Es geht langsam. Mehrmals bleibt sie stehen und ruht sich aus. Mama bekommt nicht genügend Luft, wenn sie Treppen steigt oder bergan geht.

Sie klopft an meine Tür. Mama ist die Einzige in unserer Familie, die das tut und auf ein »Herein« wartet. Papa klopft an und öffnet gleichzeitig die Tür. Lucas reißt sie einfach auf, stürmt herein und nimmt sich, was er will. Meistens mein Ladegerät. Nie weiß er, wo sein eigenes ist.

Ich gehe nie in Lucas' Zimmer. Jedenfalls nicht, wenn er zu Hause ist. Aber oft, wenn er nicht da ist. Noa und ich schnüffeln gern darin herum. Kürzlich haben wir ein Päckchen Zigaretten in einer Schublade gefunden. Jetzt habe ich Angst, dass Lucas auch Krebs kriegt. Aber ich weiß nicht, ob ich ihn bei Mama und Papa verpetzen soll.

»Komm rein, wenn du unbedingt musst«, antworte ich auf Mamas Klopfen.

Sie öffnet die Tür, setzt sich auf mein ungemachtes Bett und ringt nach Luft. Ich tue so, als wäre sie gar nicht da. Wie ich ihr atemloses Nach-Luft-Schnappen hasse. Es klingt schrecklich. Warum kann sie nicht wie andere Mütter sein? Eine gesunde Mama mit Haaren auf dem Kopf, eine Mama, die zur Arbeit geht, anstatt mit Schläuchen in der Nase herumzusitzen und eklig zu japsen.

Ich schlage eine neue Seite in meinem Block auf und beginne zu zeichnen. Ich zeichne gern, wenn ich wütend oder traurig bin. Und wenn ich froh bin. Wenn ich es mir recht überlege, zeichne ich immer gern.

»Frau Molin hat eben angerufen«, sagt Mama, als sie wieder genügend Luft bekommt. Frau Molin ist meine Lehrerin.

»Und?« Ich zeichne weiter, ohne mich umzudrehen.

»Sie sagt, dass ihr euch geprügelt habt, du und Noa.«

»Das ist gelogen«, sage ich. »Nur ich habe Noa verprügelt.«

»Erzähl«, sagt Mama.

»Nein«, antworte ich und zeichne einfach weiter.

Es ist nichts zu hören als Mamas Atemzüge, das Kratzen von Bleistift auf Papier und mein kaputtes Herz.

Das Bild ist hässlich, ich reiße das Blatt ab und knülle es zusammen.

»Komm«, sagt Mama und klopft auf das Bett neben sich.

»Nein.« Ich bleibe sitzen und starre gegen die Wand. Starre, bis meine Augen vergessen, wie man blinzelt. Starre, bis sie sich mit Tränen füllen. Dann drehe ich mich um.

»Musst du sterben, Mama?«, frage ich. »Das hat Noa gesagt. Und vielen Dank, dass du deshalb im Fernsehen warst. Jetzt weiß die ganze Welt, dass du Krebs hast. Das wollte ich vielleicht gar nicht!«

»Aber mein Gänseblümchen!« Mama sieht mich bekümmert

an. »Du weißt doch, dass ich da mitgemacht habe, um Geld für die Forschung zu sammeln.«

Und ich? Ich mag es vielleicht nicht, wenn meine Mama allen außer mir erzählt, dass sie sterben wird. Ich will nicht weinen, aber ich muss.

»Entschuldige«, sagt Mama. »Entschuldige. Aber ich habe nicht gesagt, dass ich sterben werde.«

Ich weiß nicht, ob ich ihr glaube.

Wir kriechen unter die Bettdecke mit dem Star-Wars-Bezug. Es gibt keinen schöneren, finden Mama und ich.

Eine Weile liegen wir still da. Im Garten singt eine Amsel. Jedenfalls glaube ich, dass es eine ist.

»Wirst du sterben?«, frage ich und schaue Mama an, die mit geschlossenen Augen daliegt.

»Jeder muss sterben«, sagt Mama. »Und keiner von uns weiß, wann.«

Sie zieht mich an sich und ich bohre mein Gesicht in ihre Halsbeuge.

»Ich will das nicht«, sage ich.

»Ich weiß«, sagt Mama.

»Und du – willst du sterben?«

»Nein«, antwortet Mama. »Ich will sehen, wie du erwachsen wirst. Nichts möchte ich lieber.«

»Mehr als dass es Frieden auf der Welt gibt?«, frage ich.

»Ja«, sagt Mama. »Ich bin schrecklich, nicht?«

»Dann bin ich auch schrecklich«, sage ich. »Ich will es mehr, als dass kein Kind hungert.«

»Ja«, sagt Mama.

»Dann werde doch gesund!«, flüstere ich.

»Ich versuche es«, flüstert Mama und küsst mich. »Wenn du wüsstest, wie sehr ich es versuche.«

Wir liegen still da und schauen uns in die Augen.

Mamas laufen über.

Meine auch.

Alma und Ragnar

Wir wohnen in einem Reihenhaus, Noa auch. In einem, das fast genauso ist wie unseres, bloß in einer anderen Straße. Meine Mama und Noas Mama sind auch Freundinnen. Noas Mama heißt Nadja. Noas Papa heißt Jens. Er wohnt am anderen Ende der Stadt zusammen mit seiner Freundin. Es ist schön, wenn die eigene Mama und die Mama der besten Freundin auch Freundinnen sind. So war es zumindest, bevor ich angefangen habe, Noa zu hassen. Da haben wir noch viele lustige Sachen unternommen. Sind zu viert ins Kino gegangen, haben uns für »Mädelswochenenden« verabredet oder sind einfach ins Auto gestiegen und losgefahren, ohne zu wissen, wohin. Nadja und Mama sind fast noch kindischer als Noa und ich. Ich kenne niemanden, der über so viel albernes Zeug lachen kann wie Nadja und Mama. Noa und ich finden, sie sind die peinlichsten Mütter der Welt. Jetzt brauchen wir uns nicht mehr zu schämen. Denn wir werden nie wieder etwas zusammen unternehmen.

Durchs Fenster sehe ich Noa und Nadja die Straße entlangkommen. Noa schaut hoch, aber ich kann mich gerade noch ducken.

Ich stürme die Treppe hinunter und durch die Hintertür hinaus. Dort gibt es eine kleine Terrasse und ein Gärtchen. Wenn es warm ist, essen wir hier draußen. Zwischen uns und dem Nachbargarten wächst eine Hecke. Im Sommer ist sie grün und duftet gut. Im Winter ist sie stachlig und riecht nach gar nichts. Ich hüpfe über die Hecke und hole mir einen Ratscher, meine Strümpfe sind voller Matsch und total nass, als ich Almas Tür öffne. Alma schließt nie ab.

»Warum soll ich abschließen?«, sagt sie. »Ich habe ja Ragnar.«

Ragnar würde sie niemals vor Dieben beschützen können. Er ist nämlich der dickste Dackel der Welt. Er sieht aus wie ein Brot auf vier kurzen Beinen. Als ich ins Wohnzimmer komme, wedelt er müde mit dem Schwanz. Alma sitzt in ihrem Sessel, auf dem niemand anders sitzen darf, und guckt sich eine Quizshow im Fernsehen an.

Alma mag keine Kinder, das hat sie selbst gesagt, aber sie hat nichts dagegen, dass man zu ihr kommt, wenn man seinen Schlüssel vergessen hat und niemand zu Hause ist. Dann kann man ihr beim Puzzeln helfen.

»Ah, bist du das?«, sagt sie.

»Ja«, antworte ich. »Siehst du das nicht?«

Dann reden wir nicht mehr. Alma guckt die Quizshow und gibt auf jede Frage eine Antwort. Sie weiß fast alles. Das Einzige, was ich ganz sicher weiß, ist, dass Mama und Nadja mich nicht zwingen können, mich wieder mit Noa zu vertragen.

Nie-, niemals.

»Hast du die Krebsgala mit Mama gesehen?«, frage ich Alma.

»Klar habe ich das.« Alma schüttelt traurig den Kopf.

»Dann haben sie wohl alle gesehen, nur ich nicht«, sage ich wütend.

»Sei bloß froh«, sagt Alma.

»Sogar Noa hat sie gesehen«, sage ich. »Ist das nicht ungerecht?«

»Sehe ich etwa aus wie der liebe Gott, der auf alle Fragen eine Antwort hat?«, knurrt Alma und schlurft in die Küche. Ragnar schlurft hinterher. Sie bewegen sich genau gleich.

»Ja!«, rufe ich. »Du kannst doch auch alle Quizfragen beantworten.«

»Das ist einfach«, antwortet Alma, als ich ihr in die Küche folge. »Aber von Menschen verstehe ich überhaupt nichts.«

Alma bestreicht zwei Scheiben Brot mit Leberpastete für sich und Ragnar.

»Möchtest du auch eine?«, fragt sie.

»Nein, danke.« Ich sehe, dass Noa und Nadja endlich gehen. Noas Rücken sieht fast ein bisschen traurig aus. Aber vielleicht kommt es nur daher, weil es regnet.

»Wo bist du gewesen? Wir haben dich überall gesucht«, sagt Mama, als ich auf dreckigen Strümpfen nach Hause komme.

»Bei Alma.«

»Warum hast du das nicht gesagt?«, fragt Mama.

»Ich dachte, wir erzählen uns nichts mehr in dieser Familie«, antworte ich.

»Noa war hier«, sagt sie.

»Oh!« Ich versuche überrascht zu tun. Aber ich bin nicht sicher, ob mir das gelingt, denn Mama schüttelt den Kopf und schaut mich enttäuscht an. Ich gucke sie genauso enttäuscht an.

»Nur weil du und Nadja Freundinnen seid, müssen Noa und ich noch lange keine sein«, sage ich.

»Noa ist traurig«, sagt Mama. »Sie will sich wieder mit dir vertragen.«

»Noa hat doch keinen Grund, traurig zu sein«, sage ich. »*Ihre* Mama muss ja nicht sterben.«

Mama sieht aus, als hätte ich sie geschlagen. Aber ich bitte nicht um Entschuldigung. Es ist nicht meine Schuld, dass sie krank ist und vielleicht sterben wird. Ich renne die Treppe hinauf, knalle meine Tür zu und werfe mich aufs Bett.

Auf dem Kopfkissen liegt ein zusammengefalteter Zettel. »Für Lea« steht darauf. Ich erkenne Noas Schrift.

Bitte, Lea,
können wir uns nicht wieder vertragen?
Es tut mir so leid, dass ich das über Deine Mama
gesagt habe. Ich will nicht, dass sie stirbt.
Sie ist ein bisschen wie meine eigene Mama für mich.
Bitte, kannst Du mir nicht verzeihen? Bitte, bitte,
bitte!!!!!
Nichts macht mir mehr Spaß ohne Dich. Ich muss die ganze Zeit
weinen.
Wenn ich diese blöde Krebsgala doch bloß nicht gesehen hätte.
Deine beste Freundin
Noa

Ich knülle den Zettel zusammen und werfe ihn in den Papierkorb. Dann überlege ich es mir anders, hole den Zettel wieder heraus und lese ihn noch einmal.

Ich möchte auch weinen. Aber es kommen keine Tränen.

Kann man sich leer geweint haben?

Die Krebsgala

Ich suche die Krebsgala im Netz und drücke auf Play. Es dauert nicht lange, bis Mamas Gesicht auftaucht. Sofort drücke ich auf Stopp. Ich will es sehen und will es auch nicht. Drücke wieder auf Play. Stoppe. In meinem Nacken kribbelt es unangenehm. Als ob ich Läuse hätte. Mama schaut mich vom Bildschirm aus ungewöhnlich stark geschminkten Augen an.

Ich kehre dem Laptop den Rücken zu, gehe über den Flur und klopfe an Lucas' Tür. Er spielt mit Abbe Computerspiele, das kann ich durch die Tür hören, aber sie scheinen mich nicht zu hören. Unter Lebensgefahr öffne ich die Tür und gehe hinein. Zum Glück ist Lucas so vertieft in das Spiel, dass er es nicht schafft, mit etwas Hartem nach mir zu werfen.

»Hallo«, sagt Abbe und lächelt mich kurz an.

»Was willst du?« Lucas schießt einen Benzinkanister ab.

»Hast du Mama auf der Krebsgala gesehen?«

»Ja.«

»Meinst du, dass ich es mir auch ansehen soll?«

»Nein«, antwortet Abbe. »Tu's nicht. Danach geht es dir mies.«

Lucas dreht sich zu mir um. Er hat sein schlimmstes Großer-Bruder-Gesicht aufgesetzt.

»Wenn ich herausfinde, dass du es doch geguckt hast, kannst du was erleben.«

»Aber alle anderen«, sage ich, »alle haben es gesehen und …«

»Scheiß auf die«, sagt Lucas. »Das tue ich auch.«

Ich bleibe so lange in seinem Zimmer, bis er mich rausschmeißt, etwa dreißig Sekunden später. Zurück in meinem Zimmer ist der Bildschirm vom Laptop dunkel.

Lucas hat recht, ich werde auf die anderen scheißen, auf alles werde ich scheißen.

Ich fange damit an, dass ich auf die Englischhausaufgaben scheiße, obwohl wir morgen eine Arbeit schreiben. Es ist ein schönes Gefühl, macht aber auch ein bisschen nervös, jemand zu sein, der auf alles scheißt.

»Hello«, sage ich zu mir selbst. »My name is Lea and I shit in all.«

»I don't give a shit, heißt das«, sagt Papa, der in mein Zimmer kommt, ohne anzuklopfen.

Ich gucke aus dem Fenster. Da gibt es nicht viel zu sehen, denn draußen ist es stockdunkel.

»Mama und ich versuchen nur, dich zu beschützen«, sagt Papa. »Das machen Eltern. Aber wenn du die Krebsgala unbedingt sehen willst, können wir sie zusammen gucken.«

»Nein danke«, sage ich. »Ich möchte lieber einen Film sehen.«

Die Falten in Papas Gesicht verschwinden.

»Dann komm«, sagt er.

Ich lege mich neben Mama aufs Sofa.

Wir schauen uns eine Komödie an. In meiner Familie lachen wir gern. Nur heute Abend nicht.

Vorbeiradeln

Noa fährt jeden Tag mit dem Fahrrad an unserem Haus vorbei. Ich verstecke mich dann hinter dem Vorhang, damit sie nicht denkt, ich schaue ihr nach. Das tue ich nicht. Ich will nur sehen, ob sie es tut. Vorbeiradeln. Jeden Tag.

Ich will, dass sie damit aufhört. Schließlich habe ich was anderes zu tun, als am Fenster zu stehen und zu gucken, ob sie vorbeiradelt. Aber das kann ich ihr nicht sagen. Wir reden ja nicht mehr miteinander. Nicht in der Schule. Nicht am Telefon. Nirgends. Früher haben wir dauernd geredet.

Manchmal wähle ich Noas Handynummer, ohne sie anzurufen. Das ist die einzige Nummer, die ich auswendig weiß. Obwohl ich nicht vergessen habe, Noa zu hassen, vermisse ich sie doch.

Bei Almas Haus dreht Noa um und fährt langsam an unserem vorbei wieder zurück.

Ich verstecke mich hinter dem Vorhang. Der ist weiß gepunktet. Noa hat genau so einen. Die Vorhänge haben wir gekauft, als wir das letzte Mal einen Mädelstag in der Stadt hatten. Mama und Nadja wollten in ein Konzert gehen und ihre Lieblingsband hören. Ich glaube fast, dass Mama in den Sänger mehr verliebt ist als in Papa. Zum Glück ist der Sänger nicht in Mama verliebt.

Es muss anstrengend sein, wenn Eltern sich in jemand anderes verlieben. Wie Noas Papa.

Noa und ich sind heimlich in Abbe verliebt. Am meisten heimlich verliebt ist Noa. Ich bin nur verliebt, weil Noa es will. Abbe ist Lucas' bester Freund. Deswegen ist es so geheim. Noa sagt, sie würde sich zu Tode schämen, wenn Abbe es erfährt. Ich überlege, ob ich es Abbe erzählen soll. Damit sie es tut. Sich zu Tode schämen. Das würde ihr nur recht geschehen.

Ich schäme mich auch oft. Zum Beispiel wenn ich Tampons für Mama kaufen soll. Da könnte ja jemand glauben, die seien für mich! Außerdem schäme ich mich, wenn Mama Fotos von Lucas und mir postet. Dann kann mich jeder im hässlichsten Pyjama der Welt sehen. Mama hat mindestens fünftausend Follower, die ihre Posts anschauen. Ich habe nur einen Follower, abgesehen von Noa, Mama, Oma und Opa, die immer Herzchen schicken, wenn ich etwas poste, das zählt also nicht. Konrad. Er geht in meine Klasse.

Noa behauptet, dass Konrad in mich verliebt ist. Wie kann sie das wissen? Konrad hat orangefarbene Haare, tausend Sommersprossen und ist wahnsinnig nett. Wir spielen in den Pausen zusammen. Ich, Noa, Konrad und Olle. Wir spielen Fangen oder Fußball. Oder wir gucken uns witzige YouTube-Clips an. Jedenfalls haben wir das früher gemacht. Bevor ich nicht vergessen durfte, Noa zu hassen.

Ich mache ganz schön viel nicht mehr, vor allem Sachen, die ich besonders gernhabe.

Das Fußballspiel

Normalerweise gewinnen wir ganz leicht gegen den SC Hallberg, aber als der Schiedsrichter die erste Halbzeit abpfeift, führt Hallberg mit 3:1.

Petter, unser Trainer, sieht mich wütend an.

»Was ist mit dir los? Du hast ja jedes Zuspiel von Noa verpasst.«

Ich zucke mit den Schultern und starre zu Boden. Der ist schmutzig. Wenn man hier barfuß geht, kriegt man bestimmt tausend Warzen.

»Lea und Noa haben sich verkracht«, sagt Pernilla Klatschmaul Olsson.

»Verdammt«, flucht Petter. »Ihr seid doch nicht mehr im Kindergarten. So ein Scheiß hat auf dem Fußballplatz nichts zu suchen.«

Ich kenne niemanden, der so fluchen kann wie Petter. Er verflucht uns, den Schiedsrichter, die anderen Mannschaften und Eltern, die sich einmischen. Besonders wütend verflucht er sie, wenn sie sich über sein Fluchen beklagen. Aber wir lieben Petter, er ist der beste Trainer der Welt und darf uns gern verfluchen. Seine Lieblingsflüche sind »verdammt, Scheiße, Hosenscheißer,

Affenfurz und Arschloch«. Mama und Papa haben mir streng verboten, das letzte Wort in den Mund zu nehmen, Petter benutzt es meistens für die Schiedsrichter.

»Benehmt euch nicht wie dämliche Girlies!« Petter schiebt sich eine Prise Schnupftabak unter die Oberlippe, obwohl dort schon eine steckt, und guckt uns mit Trainerblick an.

»Wir sind tatsächlich Girlies, aber nicht dämlich, falls du das noch nicht wusstest«, sagt Ayla.

»Tut mir leid«, sagt Petter und dreht sich wieder zu Noa und mir um. »Macht in eurer Freizeit, was ihr wollt, aber hier bestimme ich. Und ich bestimme, dass ihr euch auf der Stelle die Hand schüttelt, damit wir rausgehen und Hallberg wegputzen können.«

Ich konzentriere mich auf meine Beinschützer. Ziehe die Strümpfe hoch, binde meine Schnürsenkel noch einmal. Die ganze Zeit über brennen Noas Blicke kleine Löcher in mein schwarz-rotes Trikot. Die von Petter brennen große Löcher. Ich habe das Gefühl, als müsste es jeden Augenblick in Flammen aufgehen.

»Lea«, sagt Petter streng.

»Was?«, sage ich, ohne aufzugucken.

»Jetzt gib ihr verdammt noch mal die Hand«, sagt Petter.

»Bitte.« Noa streckt ihre Hand aus.

Wie schön wäre es, wenn ich sie nehmen könnte. Aber ich kann nicht.

»Nein«, flüstere ich.

Meine Arme scheinen zweitausend Kilo schwer zu sein.

»So machst du alles kaputt«, sagt Ayla.

»Ja«, sagt Pernilla Klatschmaul Olsson.

Die anderen stimmen ihr zu. Wilma schaut mich an, als würde sie mich hassen.

»Dann ist es wohl am besten, wenn ich aufhöre«, sage ich.

Meine Beine sind ganz steif, als ich weggehe. Als wären sie aus Holz.

»Lea, zum Teufel«, brüllt Petter. »Komm zurück! Wir brauchen dich.«

Ich weiß, dass sie mich brauchen. Ich bin die Marta Vieira da Silva unserer Mannschaft. Also, ich schieße die meisten Tore. Und Noa legt mir die meisten Pässe vor. Aber von jetzt an muss Noa jemand anders finden, dem sie die Pässe zuschießt. Ich scheiß drauf, wen.

»Lea!«, ruft Petter noch einmal. »Komm schon. Die zweite Halbzeit fängt jetzt an.«

Ich drehe mich nicht um. Gehe einfach weg. Es ist ein gutes Gefühl. Ungefähr zwei Minuten lang.

»Was ist passiert?«, fragt Papa, als ich mich auf der Tribüne neben ihn setze.

Papa ist unser größter Fan. Er und Wilmas Mutter. Die beiden gucken sich jedes Spiel von uns an.

»Ich höre auf«, sage ich und sehe, wie Noa den Ball zu Wilma passt, deren Schuss das Tor um mehrere Meter verfehlt.

»Wie, aufhören?« Papa guckt mich an, als würde ich Finnisch sprechen. »Aber du spielst doch für dein Leben gern Fußball.«

»Ach was«, sage ich. »Wer braucht denn diese Arschlochmannschaft.«

»Du!« Papa schaut mich ernst an. So ernst hat er mich noch nie angeguckt.

Arme Lea

Ich habe Halsschmerzen«, sage ich, als Papa mich weckt, obwohl ich gar keine habe. Denn von allen Dingen auf der Welt, auf die ich scheißen möchte, will ich am meisten auf die Schule scheißen.

»Mach den Mund auf«, sagt Papa. Er guckt mir in den Hals, als wäre er ein echter Arzt. Dabei arbeitet er in einem ganz gewöhnlichen Büro.

»Sieht gut aus«, sagt er und legt mir die Hand auf die Stirn, um zu fühlen, ob ich Fieber habe. Das habe ich leider nicht.

»Aber ich will nicht in die Schule«, sage ich.

»Meinst du, ich möchte ins Büro gehen? Nun mach schon.«

Lucas hat sich im Bad eingeschlossen, also gehe ich in die Küche, ohne mich zu waschen oder mir die Zähne zu putzen. Ich habe nicht einmal die Unterhose gewechselt und denselben Pullover wie gestern angezogen. Der hat einen großen Fleck Tomatensoße auf der Brust. Aber wen stört das schon?

Ich stecke zwei Scheiben Brot in den Toaster.

Lucas kommt die Treppe herunter in die Küche gepoltert. Er nimmt sich meine beiden Brotscheiben, die gerade hochploppen.

»Das sind meine«, sage ich.

»Dann nimm sie doch«, sagt Lucas und leckt sie an.

»Papa, sag du was!«, schreie ich.

»Zankt euch nicht.« Papa schenkt sich Kaffee ein.

»Wann kommt Mama nach Hause?«, frage ich und stecke zwei neue Brotscheiben in den Toaster.

»Morgen, glaube ich«, antwortet Papa.

Mama ist im Krankenhaus. Schon wieder.

Lucas schafft es, sich auch meine nächsten beiden Scheiben zu schnappen. Ich werfe mit dem Buttermesser nach ihm. Er fängt es auf und schmiert mir Butter in die Haare.

»Hört auf euch zu streiten«, sagt Papa müde. »Wir müssen jetzt nett zueinander sein.«

Lucas reicht mir die Brotscheiben, aber die sind inzwischen kalt geworden. Ich will sie nicht mehr und nehme nur ein bisschen Joghurt. Heimlich schiele ich zu Papa hinüber.

Manchmal habe ich Angst, dass er auch krank wird. Ihm sind jedenfalls schon Haare ausgegangen. Ganz oben auf dem Kopf hat er eine total kahle, blanke Stelle. Ich habe ihn gefragt, ob ich was Hübsches darauf malen soll, aber das will er nicht.

»Lea, versuch doch mal, dich heute nicht zu prügeln«, sagt Papa und guckt mich ernst an.

»Man sollte sie einsperren«, sagt Lucas grinsend.

Ich grinse zurück.

Lucas schaut mich nie lieb an.

Das ist okay, denn dann fühle ich mich normal.

Und nicht wie die arme Lea.

Mit der alle in der Schule Mitleid haben.

Prügelkrebs

Vielleicht habe ich ja in Armen und Händen auch Krebs. Oder irgendeine andere Krankheit. Jedenfalls ist sie genauso aggressiv wie Mamas Krebs und macht, dass ich mich dauernd prügeln muss.

Jedem, der Mitleid mit mir hat, knalle ich eine. Und das sind viele. Die blöde Noa muss es in der ganzen Schule herumgetratscht haben. Kann natürlich auch sein, dass die Krebsgala die beliebteste Sendung des Jahres war.

Wohin ich auch gucke, immer schaut mich jemand mit diesem Du-tust-mir-ja-so-leid-Blick an. Wenn ich zuschlage, hat niemand mehr Mitleid mit mir. Dann werden sie bloß wütend. Das fühlt sich viel besser an.

Die Einzige, die mich versteht, ist Frau Molin. Sie zwingt mich nie, um Entschuldigung zu bitten, und wenn ich unbedingt nach Hause rennen muss, um zu sehen, ob es Mama gut geht, darf ich das. Leider ist Frau Molin krank. Aber zum Glück hat sie keinen Krebs. Ich habe sie angerufen und gefragt. Sie hat gesagt, dass sie nächste Woche wiederkommt. Bis dahin haben wir eine Vertretung.

Die Vertretung ist Herr Rittberg und der kapiert gar nichts.

Konrad

Noa und ich haben immer nebeneinandergesessen, in der Klasse, in der Cafeteria und auf der Bank im Umkleideraum. Jetzt sitze ich so weit von ihr entfernt wie möglich. Am liebsten hätte ich die Klasse gewechselt. Die Schule. Den Planeten. Ich kann gar nicht weit genug weg von ihr sein.

Bella, Pernilla und Wilma haben meinen Platz eingenommen, in der Klasse, in der Cafeteria und in der Pause. Dabei waren Noa und ich uns immer einig, dass Bella und Pernilla Klatschmaul Olsson dämlich und peinlich sind. Am peinlichsten sind sie, wenn sie Barto aus der Fünften anhimmeln. Mit dem wollen alle zusammen sein, nur weil er in irgendeiner Fernsehserie mitspielt. Ich finde ihn total blöd, aber Bella und Pernilla sind wahnsinnig in ihn verknallt und folgen ihm auf Schritt und Tritt.

Frau Molin hat schon mehrmals gesagt, sie sollen damit aufhören. Aber die beiden sagen, sie können nicht anders. Ich kapier echt nicht, wie Noa es mit ihnen aushält!

Ihr Gekicher und Geflüster kann ich aus tausend Kilometer Entfernung hören. Bestimmt reden sie über mich. Manchmal höre ich ihre Stimmen sogar, wenn ich im Bett liege. Das ist wirklich nervig.

In der großen Pause schaue ich einigen aus der Sechsten beim Fußballspielen zu. Ich stehe mit dem Rücken zum Schulhof, so brauche ich Noa nicht zu sehen und die anderen können mich nicht angucken. Leute, die Fußball spielen, sehen ja meistens nur den Ball.

Ich merke, dass Konrad sich neben mich gestellt hat. Er riecht immer nach Orangen.

»Du«, sagt er nach einer Weile und tippt mich an.

Ich drehe mich um.

Das hätte ich nicht tun sollen. Selten habe ich so einen ekelhaften Du-tust-mir-ja-so-leid-Blick gesehen. Sogar seine Sommersprossen scheinen Mitleid mit mir zu haben. Meine linke Hand ballt sich zur Faust und landet eine Sekunde später in Konrads Bauch.

Er schnappt nach Luft und dann stürzt er sich auf mich.

Wenn man geschlagen wird, schlägt man zurück, und wenn man einen großen Bruder wie Lucas hat, dann kann man sich ziemlich gut wehren. Es ist babyleicht, Konrad umzuwerfen, aber ehe ich seine Arme unter meinen Knien fixieren kann, gelingt es ihm, mir einen Faustschlag auf die Nase zu versetzen. Es tut gemein weh und ist gleichzeitig ein tolles Gefühl. Aus meiner Nase tropft Blut auf Konrad hinunter, aber ich schreie nicht wie er. Er schreit wie am Spieß und windet sich wie ein Wurm, ohne sich befreien zu können. Brüllt, bis sich die halbe Schule um uns versammelt hat und eine Pausenaufsicht mich von ihm wegreißt.

Konrad mit meinem Blut im Gesicht guckt mich traurig an. Ich schaue weg. Jetzt fühlt es sich nicht mehr so toll an.

Nach der großen Pause muss sich die ganze Klasse im Kreis auf den runden Teppich setzen. Da sitzen wir immer bei besonderen Anlässen, zum Beispiel, wenn jemand Geburtstag hat oder etwas Wichtiges zu besprechen ist.

Konrad stützt sich auf Olle, als er zum Teppich hinkt, obwohl er sich nur das Handgelenk verknackst hat. Darum braucht man doch nicht zu humpeln, oder?

»Du Armer«, sagt Bella zu ihm. »Tut es sehr weh?«

»Ja.« Konrad guckt mich vorwurfsvoll an.

»Selber schuld«, sage ich und verschränke die Arme.

»Lea!« Die Stimme von Herrn Rittberg klingt nicht besonders freundlich.

»Ich kann doch nichts dafür, dass er sich das Handgelenk verknackst hat«, sage ich. »Ich hab ihn nur in den Bauch geboxt.«

Herr Rittberg schaut mich streng an und ich bin plötzlich furchtbar müde, als ob ich nur noch schlafen müsste. Das kommt wahrscheinlich, weil ich so viel Blut verloren habe. Meine Nase tut immer noch gemein weh und das Wattebäuschchen, das im Nasenloch steckt, ist blutrot.

Noa sieht mich an. Ich gucke weg.

»Na?«, sagt Herr Rittberg.

»Ich hab nichts getan«, sagt Konrad. »Ich wollte sie nur zu meinem Geburtstag einladen, aber sie hat einfach zugeschlagen.«

Ich sage nichts. Ich kann nicht.

»Und gestern hat sie mich geschlagen«, petzt Pernilla Klatschmaul Olsson.

»Frau Molin hat gesagt, wir sollen nett zu ihr sein«, sagt Olle.

»Sie kann nichts dafür«, sagt Noa und guckt mich mit dem ekelhaften Du-tust-mir-ja-so-leid-Blick an. »Sie prügelt sich, weil sie traurig ist.«

»Und warum bist du traurig?«, fragt Herr Rittberg.

Alle Blicke richten sich auf mich. Fünfundzwanzig Augenpaare voller Mitleid. Nur Konrad guckt sauer.

»Das geht euch gar nichts an!«, schreie ich. »Könnt ihr mich nicht in Ruhe lassen?«

Ich renne aus der Klasse.

Herr Rittberg läuft hinter mir her.

Aber er holt mich nicht ein.

Abteilung 31

Ich glaube, es gibt ein Gesetz, dass man Menschen, die im Krankenhaus liegen, Blumen mitbringen muss. Blumen kosten Geld. Ich habe nie Geld. Sobald ich mein Taschengeld kriege, ist es schon wieder alle. Zum Glück kenne ich den Jungen am Blumenstand im Krankenhaus. Er sagt, meine Oma ist seine beste Kundin, und deswegen gibt er mir eine halb verwelkte Rose umsonst. Eine rote.

Ich nehme den Aufzug zum dritten Stock, Abteilung 31. Da liegt Mama.

»Hallo«, sagt Schwester Siv, die dort arbeitet. »Was ist denn mit dir passiert?«

»Wieso?«

»Dein Gesicht ist ja ganz blutverschmiert.«

»Ehrlich?«

»Du siehst aus, als hättest du dich geprügelt.«

»Das war Konrad«, sage ich. »Der geht in meine Klasse.«

»Blöder Kerl!«, sagt Siv empört.

»Nein, er ist nett«, sage ich. »Ich habe angefangen.«

»Warum?«, fragt Siv und wischt mir das Blut aus dem Gesicht.

»Ich glaub, ich habe Prügelkrebs bekommen.«

»Prügelkrebs?«, sagt sie. »Das klingt schlimm.«

»Ist es auch.« Ich verziehe das Gesicht, als sie einige Steinchen aus meiner Handfläche zieht. Es brennt ein bisschen, als sie die Stellen desinfiziert. Immer haben alle nur Mitleid mit mir. Ich hasse das! Sollen sie doch mit sich selber Mitleid haben. Sie werden ja auch sterben.

»Musst du dich deswegen prügeln?«

Ich zucke mit den Schultern, denn ich weiß nicht, warum ich mich prügle. Weiß nur, dass ich es nicht lassen kann und dass es ein gutes Gefühl ist.

»Jedenfalls ist es einfacher, solche Wunden zu verarzten«, sagt Siv und klebt ein Pflaster auf meine Handfläche, »als das, was da drinnen wehtut.«

»Meinst du, wie Mamas Krebs?«, frage ich.

»Nein, die Prügelwut in dir, die wehtut.« Siv legt eine Hand auf mein kaputtes Herz.

Mama schläft, als ich in ihr Zimmer komme. Zum Glück ist das Bett neben ihr leer. Ich stelle die Vase, die Siv mir gegeben hat, mit meiner roten Rose neben eine andere Vase mit sehr viel hübscheren Blumen.

Die hat bestimmt Oma mitgebracht.

Ich setze mich auf den Besucherstuhl und warte, dass Mama aufwacht. Sie hat Schläuche in der Nase, bessere als die zu Hause. Deswegen muss sie von Zeit zu Zeit ins Krankenhaus. Damit sie Luft bekommt. Und schlafen kann.

Sie sieht kein bisschen krank aus. Also abgesehen von den Schläuchen in der Nase. Ihre Haare fangen auch wieder an zu wachsen.

Mama atmet aus und ein. Aus und ein.

Wenn man aufhört zu atmen, stirbt man.

»Lea«, sagt Mama und lächelt mich an. »Wie lange sitzt du schon da?«

»Lange«, sage ich und lege mich zu ihr aufs Bett. »Ich wollte dich nicht wecken.«

Das Krankenhauslaken hat einen besonderen Geruch. Hier riecht sogar Mama anders.

»Bist du ganz allein gekommen?«, fragt sie.

»Ja«, antworte ich, als wäre es die selbstverständlichste Sache der Welt.

»Wie geht es in der Schule?«

»Gut.«

»Sicher?«, fragt Mama.

»Ja.« Ich nicke.

Dann sagen wir eine Weile nichts. Ich drücke auf die Tasten, mit denen man das Bett verstellen kann, und lasse uns einige Male rauf- und runterfahren.

»Und was ist mit Noa? Habt ihr euch wieder vertragen?«

Ich schüttle den Kopf, sodass mein Pferdeschwanz Mama übers Gesicht fährt. Sie nimmt das Zopfgummi ab und streicht mir durch die Haare. Sie ist die Einzige, die das kann, ohne dass es ziept, sondern einfach nur schön ist. Ich schließe die Augen.

Noa und ich haben die längsten Haare in der Klasse, sogar die längsten in der ganzen Schule. Wir haben beschlossen, uns die Haare nie abschneiden zu lassen. Ihre Haare sind hell und ganz leicht zu kämmen, meine sind dunkler und viel schwerer zu kämmen. Wir haben immer die gleiche Frisur. Ich mache ihr die Haare, sie mir. Nein, das haben wir gemacht, bevor ich mich mit ihr verkracht habe. Pferdeschwanz, die unterschiedlichsten Zöpfe, offene Haare … Aber seit wir uns gestritten haben, trage ich nur noch Pferdeschwanz. Und seit Mama ins Krankenhaus gekommen ist, habe ich meine Haare nicht einmal gekämmt. Sie sind total verfilzt.

Mama muss eine ganze Weile kämmen. Ich habe es furchtbar gern, wenn Mama meine Haare kämmt.

Wenn man die Augen schließt, kann man vergessen, dass man in einem Krankenbett im Krankenhaus liegt. Wenn man die Augen schließt, kann man so tun, als ob alles wäre wie immer und Mama genauso gesund ist wie alle anderen Mütter.

»Was hast du heute vor?«, fragt Mama und macht mir einen Zopf.

»Nichts. Und du?«

»Ich muss zum Röntgen und dann nehmen sie ein paar Proben«, antwortet Mama.

»Wann kommst du nach Hause?«

»In einigen Tagen.«

»Ich habe solche Sehnsucht nach dir«, sage ich.

»Ich sehne mich auch nach dir«, sagt Mama.

Dann liegen wir still da. Im Krankenhaus ist es viel schwerer, miteinander zu sprechen, als anderswo. Es ist, als würden alle Worte von den nackten Wänden verschluckt.

Wir liegen still da, bis Papa anruft. Er hat sich Sorgen um mich gemacht.

Das kann nur Mama

Lea«, sagt Papa und guckt mich streng im Rückspiegel an. »So darf das nicht weitergehen.«

»Ich hatte solche Sehnsucht nach Mama«, sage ich und fange an zu weinen. »Meine Haare waren total verfilzt, und nur Mama kann sie kämmen.«

»Liebes ...« Papa kriegt blanke Augen. »Ich kann dir doch auch die Haare kämmen.«

»Nein«, weine ich. »Du weißt nicht, wie man das macht.«

»Ich kann es lernen«, sagt Papa.

»Nein, das kann nur Mama.«

Irgendwas stimmt nicht mit mir. Erst konnte ich gar nicht weinen und jetzt kann ich nicht mehr damit aufhören. Die Tränen fließen immer weiter.

»Liebes«, sagt Papa wieder.

»Ich kann es einfach nicht lassen, mit allen prügle ich mich«, sage ich und weine immer weiter.

»Nichts wird besser, wenn man sich prügelt«, sagt Papa.

»Doch«, sage ich. »Hinterher fühlt man sich viel besser.«

»Dann prügle dich mit mir.« Papa versucht zu lächeln.

»Nein«, sage ich. »Ich will, dass Mama gesund wird.«

»Das wollen wir alle«, sagt Papa und steuert das Auto vom Krankenhausparkplatz.

Ich beschließe, dass Mama gesund wird, wenn wir auf dem Heimweg neun rote Autos sehen. Obwohl das meine Glückszahl ist, sehen wir kein einziges.

Geheilt

Es ist Lucas, der mich von meiner Prügelkrankheit heilt. Er kommt, ohne anzuklopfen, in mein Zimmer, packt mich und drückt mich auf den Boden. Hält mich fest. Sehr fest. Er hat Spuckebläschen in den Mundwinkeln.

Er ist schwer. Ich krieg kaum Luft und habe ein Gefühl, als müsste ich sterben.

»Lass mich los!«, keuche ich.

Lucas guckt mich fuchsteufelswild an und saugt die Spucke ein. »Du hörst verdammt noch mal damit auf, dich wie eine Idiotin zu benehmen, kapiert? Damit machst du es Mama und Papa nur noch schwerer. Du bist nicht die Einzige, die einem leidtun muss, falls du das glaubst.«

Dann lässt er mich los und geht in sein Zimmer.

Ich bleibe auf dem Fußboden liegen.

Und werde gesund.

Mama wird nicht gesund. Ihr Körper ist zu müde, um noch mehr Zellgifte aufzunehmen.

Papa und Opa tragen ihr Bett nach unten, damit sie im Wohnzimmer schlafen kann. Sie hat keine Kraft mehr, die Treppe hinaufzusteigen.

Niemand sagt es geradeheraus, aber mir wird langsam klar, dass ich keine Mama mehr haben werde, wenn ich groß bin. Das sehe ich Papa an. Und Oma, die in der Küche ganze Tränenströme vergießt.

»Keine Mutter sollte so etwas jemals erleben«, sagt sie und weint ins Hackfleisch.

Ich finde, kein Enkelkind sollte seine Oma so erleben.

»Entschuldigt, falls die Fleischklößchen zu salzig geworden sind«, sagt sie beim Mittagessen. »Ich habe sie mit meinen Tränen gewürzt.«

»Mama«, sagt Mama und schaut ihre Mutter streng an. »Niemand hat dich gebeten herzukommen. Du musst dich schon etwas zusammenreißen.«

»Aber ich will doch nur helfen«, sagt Oma und schließt sich im Klo ein.

Meine Oma ist ziemlich anstrengend. Papa findet, wir sollten ihr verbieten zu kommen. Lucas findet das nicht. Er ist Omas Lieblingsenkel, obwohl sie behauptet, dass sie gar keine Lieblingsenkel hat. Aber er kriegt alles von ihr, worum er sie bittet. Zum Beispiel Geld. Ich bekomme nie Geld.

Leider besucht uns nicht nur Oma, auch Mamas Freundinnen kommen. Sogar Sofia, Mamas beste Freundin aus Stockholm. Sie bringt ihre Tochter Kerstin mit. Kerstin und Lucas sind so was wie beste Kumpel. Sie mögen dieselbe Musik, dieselben Filme, immer und überall dasselbe. Lucas träumt davon, nach Stockholm zu gehen. Er will sich dort auf einem Gymnasium anmelden. Aber wer soll dann mit mir ringen, bis ich auf dem Boden liege, oder mich ärgern, bis ich fuchsteufelswild werde?

Wenn Lucas nach Stockholm zieht, will ich sein Zimmer haben. Von seinem Fenster aus kann man die Straße nicht sehen. Ich habe schließlich Besseres zu tun, als am Fenster zu stehen und zu gucken, ob Noa vorbeiradelt. Ich finde, sie sollte jeden Tag um dieselbe Zeit vorbeiradeln, damit ich nicht so lange am Fenster stehen muss. Aber das tut sie nicht.

Heute muss ich wahnsinnig lange warten.

Mama und Sofia bleiben abends lange auf. Sie trinken Wein und erzählen sich Erinnerungen an ihre Schulzeit. Wenn die beiden zusammen sind, ist Mama eine ganz andere. Sie und Sofia lachen, bis sie weinen, oder sie weinen, bis sie lachen. Nur die beiden wissen, warum. Das ist wirklich nervig. Papa nutzt die Gelegenheit, um mit seinen Freunden loszuziehen.

Nur ich habe niemanden.

Wenn Mama Besuch hat, sitze ich meistens auf der Treppe und lausche. Mache mich unsichtbar. Wie ein Gespenst.

Ich hasse alle, die uns besuchen. Mama nicht. Sie liebt es, Leute um sich zu haben.

Warum versteht sie nicht, dass ich sie für mich allein haben will?

Nachts

Ich werde wach, weil ich zum Klo muss. Aus dem Wohnzimmer höre ich Mamas Stimme.

Ich schleiche hinunter. Nur das Licht einer Leselampe fällt auf Mama. Sie liest ein Buch auf ihr Handy ein. Es ist eine Geschichte, die ich noch nicht kenne.

Mama macht eine Pause und nimmt einen Schluck Wasser. Der Fußboden knarrt unter meinen Schritten und sie dreht sich um.

»Kannst du nicht schlafen?«

Ich schüttle den Kopf und setze mich neben sie.

»Was liest du da?«

»Ein Jugendbuch«, antwortet Mama und zeigt mir den Umschlag. Der sieht langweilig aus.

»Das habe ich geliebt, als ich jung war«, fährt Mama fort und streichelt das Buch, als wäre es lebendig. »Wenn ich furchtbar unglücklich war und dachte, niemand versteht mich, dann war da dieses Buch, das wusste, wie es ist, vierzehn zu sein.«

Mamas Augen füllen sich mit Tränen und sie muss eine Weile weinen.

»Aber warum nimmst du es aufs Handy auf?« Ich krieche zu

ihr unter die Decke und stecke meine kalten Füße zwischen ihre warmen Beine.

»Für dich«, sagt Mama. »Jetzt bist du noch zu klein für das Buch, doch wenn du größer bist und alles schrecklich findest und glaubst, dass dich keiner versteht, dann kannst du es dir anhören. Dann weißt du, dass ich dich verstehe.«

»Wie groß?«, frage ich.

»Mindestens zehn Zentimeter größer.« Mama lächelt.

»Du weißt aber, dass ich keine Geschichten über Liebe mag«, sage ich. »Ich mag nur Pferde und Fantasy.«

»Man kann sich ändern«, sagt Mama. »Ich hoffe, dass du in deinem Leben ganz, ganz, ganz viel Liebe bekommst.«

»Lies weiter«, sage ich mit schläfrigen Augen.

Mama schaltet das Handy ein und fängt wieder an zu lesen.

Als ich aufwache, liege ich in meinem Bett. Papa muss mich raufgetragen haben. Mama schläft noch, während wir frühstücken. Papa ist selbst noch im Halbschlaf. Als Lucas und ich zur Schule gehen, hat er immer noch seinen Bademantel an. Das bedeutet, dass er auch heute nicht arbeiten wird. Dass er zu Hause bei Mama bleibt.

»Wenn er nicht zur Arbeit gehen muss, warum kriege ich dann nicht auch frei?«

»Weil du ein kleiner Dummkopf bist«, sagt Lucas. »Begreifst du denn nicht, dass sie manchmal allein sein müssen? Dann muss Mama sich nicht so zusammenreißen.«

»Wie zusammenreißen?«

»Dann muss sie sich nicht verstellen. Dann kann sie zeigen, dass sie Angst hat und traurig ist«, antwortet Lucas.

An der Bushaltestelle wartet Abbe schon auf Lucas. Sonst darf ich nicht mit ihnen gehen, aber heute schon. Ich muss lächeln, als Noa vorbeiradelt. Ihr Rad schwankt ein bisschen, als sie sich nach uns umdreht.

Ha! Ich nehme Abbes Hand, nur um sie zu ärgern.

Zum Glück sieht Noa nicht, wie Abbe seine Hand wegzieht und Lucas mich knufft.

Das letzte Stück wollen sie mich nicht mehr dabeihaben. Ich darf nicht vergessen, Papa zu bitten, den Platten an meinem Fahrrad zu flicken. Ohne dass ich es bemerkt habe, ist es Frühling geworden.

Ostern

Vor der Tür steht eine Tragetasche. Darin liegt ein Osterei.

Das ist für mich, obwohl ich doch schon alle meine Ostereier gefunden habe. Als ich klein war, habe ich wirklich geglaubt, dass der Osterhase meine Ostereier versteckt.

Jetzt weiß ich, dass Mama und Papa das tun. Sie sind echt kindisch.

Das Osterei ist mit lauter Süßigkeiten gefüllt. Nur Sachen, die ich mag. Keine Pralinen aus Schokolade zum Beispiel oder eklige Schaumeier, wie Papa sie mag.

Ich weiß sofort, dass es von Noa ist, wir haben uns immer Ostereier geschenkt, aber diesmal habe ich nichts für sie besorgt.

Im ersten Moment will ich es wegwerfen, aber man soll ja kein Essen wegwerfen, das ist nicht gut für die Umwelt. Und Süßigkeiten sind doch Essen?

Ich sollte eine Umweltmedaille bekommen, weil ich alle Süßigkeiten aufesse, obwohl ich es eigentlich nicht will. Die Schokoladenpralinen und das Schaumei, die ich von Papa bekommen habe, gebe ich Opa, der über Ostern bei uns ist. Er und ich spielen Karten und gehen ins Kino.

Es sind furchtbar langweilige Osterferien.

Noa-Radar

Nadja kommt fast jeden Tag vorbei. Manchmal bringt sie Noa mit. Es ist ziemlich anstrengend, dauernd die Straße zu beobachten. Zum Glück habe ich einen Noa-Radar, und oft kann ich rechtzeitig zu Alma abhauen. Aber heute Abend war mein Radar kaputt. Daran ist Lucas schuld. Er hat ungewöhnlich schlechte Laune und behauptet, ich hätte sein Ladegerät geklaut. Blödsinn.

»Ich kann dir gern helfen, in deinen Schubladen zu suchen«, biete ich ihm freundlich an, nachdem Lucas alle meine Schreibtischschubladen aufgerissen, die Kleider über meinem Stuhl durchwühlt und die Blätter auf meinem Schreibtisch durcheinandergebracht hat.

»Wenn du in mein Zimmer kommst, kannst du was erleben«, sagt Lucas gar nicht nett und knallt die Badezimmertür hinter sich zu.

Unter Lebensgefahr schleiche ich in sein Zimmer. Das Ladegerät liegt unter seinem Kopfkissen. Ich lege es gut sichtbar mitten auf das Kissen und bin schon fast wieder in meinem Zimmer, da höre ich Nadja und Noa in der Diele reden.

In letzter Sekunde, als Noa schon die Treppe herauf auf dem Weg zu mir ist, schaffe ich es, zurück in Lucas' Zimmer zu fliehen. Hier bin ich sicher vor ihr. Durch den Türspalt sehe ich sie in mein Zimmer gehen, während die Toilettenspülung läuft. Ich krieche unter Lucas' Bett. Niemals würde er es dulden, dass ich hier bleibe. Nicht heute. Dazu ist er viel zu sauer.

Ein Glück, dass ich nicht gegen Staub, Schimmel und anderes Ekelzeugs allergisch bin. Unter Lucas' Bett liegen: Strümpfe, Unterhosen, die bestimmt nicht sauber sind, ein halb aufgegessener, vergammelter Apfel, eine leere Chipstüte, etwas Popcorn, Bonbonpapier und zwei Teller mit uralten Essensresten.

Das Bett quietscht, als er sich darauflegt. Ich wage kaum zu atmen. Umso weniger, als ich höre, wie er sich am Telefon meldet.

Es ist schwer, nicht heimlich zu lauschen, wenn man unter einem Bett liegt und die Person, die man nicht belauschen darf, sich nur zehn Zentimeter über einem befindet. Er redet mit Kerstin. Ich kann auch ihre Stimme hören. Höre, wie sie versucht, Lucas zu trösten, der ihr erzählt, dass seine Freundin mit ihm Schluss gemacht hat. Ich wusste nicht mal, dass er eine Freundin hat.

Ich hoffe, dass es ein langes Gespräch wird, damit ich noch mehr über meinen großen Bruder erfahre. Aber daraus wird nichts. Das Gespräch wird zwar lang, aber er und Kerstin scheinen nur über die Liebe reden zu können. Was Langweiligeres gibt es nicht!

Als sie schließlich fertig sind, nimmt Lucas seine Gitarre und spielt immer wieder dasselbe Lied. Es ist ein saublödes Lied über eine unglückliche Liebe. Ich wünschte, ich wäre taub, und bin schon fast so weit, dass ich unter dem Bett hervorkriechen und »Kuckuck« sagen will. Lieber eine Woche lang Prügel kriegen als dieses Lied weiter anhören müssen.

Eins ist sicher, ich verstehe nichts von der Liebe. Vor allen Dingen nichts von unglücklicher Liebe.

Schließlich, nach etwas mehr als einer Ewigkeit, ruft Papa, dass das Essen fertig ist. Ich höre, wie Lucas sich die Treppe runterseufzt, und traue mich endlich unter dem Bett hervor. Ich muss so dringend zum Klo, dass es beim Pieschern fast wehtut. Als ich in den Spiegel schaue, schreie ich auf. Habe ich etwa so lange unter Lucas' Bett gelegen, dass meine Haare grau geworden sind? Dann sehe ich, dass es nur Staub ist.

Ich schaffe es, ungesehen die Treppe runterzuschleichen, und knalle die Haustür zu, als würde ich gerade nach Hause kommen.

»Wo bist du gewesen?«, fragt Papa wütend.

»Bei Wilma«, lüge ich. Die Wahrheit kann ich ja schlecht sagen.

»Wilma aus der Mannschaft?«, fragt Papa, auf einmal gar nicht mehr böse. Er findet nämlich, dass ich mich viel zu selten mit meinen Freunden treffe.

Ich nicke und stopfe mir den Mund voll.

Mit vollem Mund kann man keine Fragen beantworten.

Die Einladung

Wie geht es dir?« Plötzlich steht Frau Molin neben mir im Flur, als ich mir gerade ein Plakat ansehe. Freitag soll es eine Disco in der Schule geben, das haben die sechsten Klassen organisiert.

»Gut. Mama hat einen Rollstuhl bekommen. Wir wollen nach der Schule in den Park.«

»Wie schön.« Frau Molin lächelt mich an.

»Ja«, sage ich, »aber es ist ziemlich schwer, den Rollstuhl zu schieben.«

Aus den Augenwinkeln sehe ich Noa, Wilma und Bella, die uns zuhören.

»Ein Glück, dass du so stark bist«, sagt Frau Molin. »Sonst könntest du ja Noa bitten, dir beim Schieben zu helfen.«

Ich fühle Noas Lächeln im Rücken. Wie ein Messer.

»Nein. Es ist besser, wenn Mama mit mir allein ist. Dann muss sie sich nicht so zusammenreißen.«

Ganz tief in mir drinnen weiß ich, dass ich ungerecht bin. Aber ich habe das Gefühl, dass Noa an allem schuld ist. An Mamas Krebs und an dem Klumpen in meinem Bauch. Und wenn ich vergesse, sie zu hassen, wird Mama sterben.

»Aber zur Disco kommst du doch?«, fragt Frau Molin.

»Weiß ich noch nicht.«

»Doch, komm bitte, ich würde mich so freuen.«

»Und ich auch«, sagt Konrad und kriegt rosa Ohren.

So fühle ich mich auch, rosawarm.

Ich kenne niemanden, der freundlicher ist als Konrad. Obwohl ich mich mit ihm geprügelt habe, will er immer noch mein Freund sein.

Frau Molin lächelt ihn aufmunternd an.

»Ja, also weil Lea doch mein Fest verpasst hat und weil es schöner ist, wenn alle aus der Klasse kommen.«

»Das finde ich auch«, sagt Frau Molin.

»Ich kann aber nicht tanzen«, sage ich.

»Das kann ich dir beibringen«, sagt Konrad. »Ich kann super tanzen.«

»Ich auch«, sagt Olle und macht ein paar Tanzschritte.

Konrad und Olle gehen zur Tanzstunde. In den Pausen üben sie oft neue Schritte.

»Okay«, sage ich, aber nur, um nicht mehr mit rosa Ohren im Flur rumzustehen und Pernilla Klatschmaul Olsson und Bella hysterisch über Konrad und mich kichern zu hören. Ich verstehe überhaupt nicht, was es da zu lachen gibt.

Außerdem möchte ich die Erste im Umkleideraum sein. Damit ich mich nicht mit den anderen zusammen umziehen muss. Da gibt es nämlich keine Lehrerin, die einen vor Leuten schützen kann, die über Sachen reden wollen, über die man selber nicht sprechen will. Wie zum Beispiel, warum man seine Fußballmannschaft sitzen gelassen hat.

Nicht nur Noa, Wilma und Ayla finden, dass ich treulos bin. Auch Petter ruft mindestens einmal in der Woche an und liegt mir damit in den Ohren. Ich habe aufgehört, ihm zu antworten, und höre mir seine Nachrichten gar nicht mehr an. Warum können mich die Leute nicht einfach in Frieden lassen?

Im Sportunterricht spielen wir Basketball. Noa und ich landen in derselben Mannschaft. Sie spielt mir den Ball zu. Ich werfe einen Korb. Ohne darüber nachzudenken, lächle ich sie an und wir klatschen uns ab, ehe ich wieder zu mir komme. Den ganzen Tag noch habe ich das Gefühl von ihrer warmen Handfläche in meiner.

Noch nie habe ich mich so einsam gefühlt.

Ich wünschte, dass ich den ganzen Tag Sport hätte. Und nachts.

Beim Sport braucht man nicht zu denken.

Frühling

Riechst du den Frühling?« Mama schließt die Augen, damit die Sonne sie nicht blendet, als ich sie auf die Straße schiebe.

»Jedenfalls riecht es nach Hundekacke«, sage ich und zeige auf einen Haufen.

»Das war aber nicht Ragnar«, sagt Alma, die vor ihrem Haus Laub harkt. »Ich habe eine Stinkwut auf alle Hundebesitzer, die sich einen Dreck darum scheren.«

»Och«, sagt Mama, »es gibt Schlimmeres, worüber man wütend sein kann.«

»Da hast du recht.« Alma lächelt Mama an. »Du bist klug wie ein Pudel.«

Mama wird fast nie mehr sauer. Es ist, als würde sie neuerdings sogar Hundekacke in Ordnung finden.

»So wird man vom Krebs. Klug. Aber das ist auch das einzig Positive, was ich über diese Scheißkrankheit sagen kann.«

»Ja, du arme Kleine.« Alma legt bekümmert den Kopf schief. »Das Leben ist ungerecht.«

»Tja«, sagt Mama. »Das würde ich glatt unterschreiben.«

Schnell schiebe ich sie weiter. Ich hasse es, wenn Leute den Kopf schief legen und Mama bekümmert ansehen.

Mama möchte in den Park. Und obwohl es fast die ganze Zeit bergab geht, bin ich total durchgeschwitzt, als wir ankommen. Einen Rollstuhl zu schieben ist schwer. Mama und ich waren schon lange nicht mehr zusammen im Park. Meistens kommen Noa und ich hierher. Oder sind hierhergekommen. Bevor wir uns verkracht haben.

Im Sommer wimmelt es hier von Leuten, die Picknick machen, und im Winter fährt man mit Schlitten die Abhänge herunter. Das heißt, wenn Schnee liegt. Als Mama und Papa klein waren, waren die Winter lang und es lag fast immer Schnee. Behaupten sie jedenfalls. Wenn Erwachsene reden, klingt es so, als ob alles besser gewesen wäre, als sie Kinder waren. Und dass sie viel besser darin waren, zu helfen und ihre Zimmer aufzuräumen.

»Da.« Mama zeigt auf eine Bank am Rand des Spielplatzes. »Dort möchte ich sitzen und den Kindern zuschauen.«

Sie setzt sich neben mich auf die Bank. Einige Kita-Kinder in leuchtenden Westen buddeln in der Sandkiste, und in den Bäumen singen Amseln.

»Hörst du sie?« Mama lächelt.

»Ja«, sage ich. »Das klingt wirklich nach Frühling.«

»Ich habe so viele Erinnerungen an diesen Platz«, sagt Mama verträumt und legt einen Arm um mich.

»Erzähle!« Ich lehne meinen Kopf an ihre Schulter. »Erzähl mir von früher, als ich klein war.«

»Hier haben wir Nadja und Noa kennengelernt«, sagt Mama. »Du hast Noa mit einer Schaufel auf den Kopf gehauen. Noa sah ganz erstaunt aus, dann hat sie die Arme um dich geschlungen und dir einen verrotzten Kuss gegeben.«

»Noa war noch nie gut darin, sich zu verteidigen«, sage ich

und werde fast ohnmächtig, so sehr sehne ich mich nach ihr. Sehne mich danach, wie es war, bevor ich nicht vergessen durfte, sie zu hassen.

»Von da an wart ihr unzertrennlich«, sagt Mama. »Und Nadja und ich auch. Sie war die erste Freundin, die ich gefunden habe, als wir hierhergezogen sind.«

Ich sage nichts, ich weiß ja, worauf Mama hinauswill.

»Vermisst du sie nie?«, fragt Mama.

»Wen?« Ich stelle mich dumm.

»Ich vermisse Noa jedenfalls«, sagt Mama. »Und ich weiß, dass sie dich vermisst.«

»Warum redest du dauernd über sie?«, sage ich. »Du wolltest mir doch erzählen, wie es war, als ich klein war.«

»Das ist gar nicht so leicht«, antwortet Mama, »wenn ich nicht über Noa reden darf. Ihr wart doch immer zusammen.«

Mama hat recht. Noa ist immer mitgekommen, wenn ich Oma und Opa besucht habe, und ich war dabei, wenn sie ihre Großeltern besucht hat. Ich durfte sogar mit ihnen in die Berge fahren. Nadja hat mir das Snowboardfahren beigebracht. Man kann nicht behaupten, dass meine Eltern Skifahrer sind. Sie baden lieber. Der Wildeste von allen ist mein Papa. Wenn ich kein Fußballspiel hatte, sind wir ins Schwimmbad gegangen, und Noa ist immer mitgekommen.

Als wir noch klein waren, mussten wir uns im Umkleideraum der Jungs umziehen. Das war richtig eklig mit all den baumelnden Pimmeln und Hodensäcken. Es war das Tollste für Noa und mich, als wir uns endlich allein bei den Frauen umziehen durften.

Ein Kita-Kind kommt auf uns zugelaufen. Bleibt unbeweglich mit offenem Mund vor uns stehen und starrt Mama an. Ich starre zurück. Der Junge hat grünen Rotz in der Nase, der ihm fast bis zur Zunge reicht. Die wartet schon.

»Hallo«, sagt Mama und lächelt ihn an. »Wie heißt du?«

Er antwortet nicht. Starrt bloß.

»Warum hast du die da in der Nase?«, fragt er schließlich und zeigt auf Mamas Schläuche.

»Warum hast du Rotz in der Nase?«, sage ich.

»Weil ich dann leichter atmen kann«, antwortet Mama. »Komm, ich zeigs dir.«

Sie zeigt ihm das Sauerstoffgerät. Mama hat ein Gerät fürs Weggehen und ein größeres für zu Hause.

»Aha«, sagt der Junge. Er leckt den Rotz ab und starrt Mama weiter an, bis ich am liebsten mit einem Stein nach ihm geworfen hätte.

Zum Glück kommt die Erzieherin. Sonst hätte ich es womöglich getan.

»Entschuldigung«, sagt sie und zieht den Rotzjungen mit sich.

»Hab nie Angst davor, das zu sagen, was du meinst«, sagt Mama zu mir. »Hab niemals Angst vor irgendetwas. Dafür hat man keine Zeit.«

»Hast du vor gar nichts Angst?«, frage ich.

»Doch«, antwortet Mama.

Ich glaube, wir fürchten uns vor derselben Sache.

Ein Esslöffel voll Asche

Ich rufe Lucas an, der versprochen hat, mir zu helfen, Mama die Steigung hinauf nach Hause zu schieben. Auf dem höchsten Punkt im Park steht eine große Kastanie. Dort möchte Mama ein Weilchen bleiben. Lucas und ich auch. Wir sind ganz außer Atem. Mama müsste einen Motor am Rollstuhl haben.

»Hier«, sagt sie, »ich möchte, dass ihr hier einen Esslöffel voll Asche von mir vergrabt.«

Lucas und ich tauschen einen schnellen Blick.

»Klingt das schrecklich?«, fragt Mama.

»Ja, sehr.« Ich kriege kaum noch Luft.

»Dieser Platz ist so schön«, sagt Mama. »Und wenn ihr mit mir reden müsst, wisst ihr, dass ich immer hier bin und euch zuhöre.«

»Klar«, sagt Lucas. Sein Adamsapfel hüpft auf und ab wie ein Schwimmer an der Angel, wenn ein Fisch angebissen hat.

»Versprecht es mir«, sagt Mama.

»Klar«, sagt Lucas.

»Wo soll denn der Rest von dir sein?«, frage ich.

»In einem Erinnerungshain«, antwortet Mama. »Aber der Weg dorthin ist viel komplizierter. Hierher könnt ihr ganz allein gehen.«

Sie lächelt und schaut sich zufrieden um.

»Seht bloß, wie schön das für mich wird. Umgeben von Amseln und den Stimmen der spielenden Kinder.«

»Wie sollen wir wissen, dass es deine Ohren sind?«, frage ich.

Mama und Lucas gucken mich verständnislos an.

»Ich meine, in der Asche.« Ich spüre, dass ich rot werde.

Sie schauen mich noch komischer an.

»Ja, damit du hören kannst, was wir zu dir sagen ...«

Ich fühle mich noch dämlicher als dämlich.

Ich hasse es, mich dämlich zu fühlen, besonders vor Lucas.

Ein Esslöffel Mama

Meine Wand vibriert von Lucas' Lautsprechern. Das tut sie immer, wenn Lucas wütend oder traurig ist.

Ich gehe hinunter in die Küche und nehme einen Esslöffel aus der Besteckschublade. Dann gehe ich nach hinten in den Garten. Ein Esslöffel voll Erde ist nicht viel.

Ich überlege, ob ein Esslöffel Mama dieselbe Farbe hat.

Disco

Mama guckt mich streng an.

»Natürlich gehst du hin!«

»Du wirst die Ballkönigin«, sagt Papa, der mit meiner Jacke in der Diele bereitsteht. Er hat versprochen, mich hinzufahren.

»Okay«, sage ich, obwohl ich es nicht will, und mustere mich im Spiegel. Mama hat mir einen Zopf geflochten, der sich wie ein Kranz ums Haar schlingt, und unter der Strickjacke habe ich mein feinstes Top an.

»Viel Spaß«, sagt Papa vor der Schule und braust nach Hause, ehe ich es mir anders überlegen kann.

Ich gebe Gustav aus der 6a zwanzig Kronen und Kai stempelt meinen Handrücken. Jetzt ist da ein grüner Weihnachtsbaum drauf zu sehen. Ich hänge Jacke und Strickjacke in der Halle vor der Cafeteria auf. Dort hängen schon jede Menge Jacken, und vor dem Tisch, an dem die 6a Schokoküsse, Süßigkeiten und Limo verkauft, hat sich eine lange Schlange gebildet.

Ich hole tief Luft und gehe hinein. Es ist sehr hübsch. An der Decke blinken Lampen in verschiedenen Farben und ein Discoball streut Geglitzer über die Tanzenden. Nisse aus der Nachmittagsbetreuung lässt die Musik dröhnen und die Tanzfläche ist voller fröhlicher Gesichter und hüpfender, tanzender Körper.

Entlang der Wände sind die Tische zusammengeschoben. Ich setze mich auf einen und schaue zu. Eine Mutter setzt sich zu mir.

»Willst du nicht tanzen?«, fragt sie. Oder ruft es vielmehr, denn die Musik ist so laut, dass man sich kaum unterhalten kann.

Ich schüttle den Kopf. Denn ich will auf keinen Fall tanzen. Am liebsten würde ich nach Hause gehen, aber dann wären Mama und Papa enttäuscht. Sie sind so froh, dass ich endlich mal was anderes unternehme, als immer nur Alma zu besuchen.

Als ich Noa entdecke, die mit Bella, Pernilla Klatschmaul Olsson, Ayla, Wilma und den anderen aus unserer Klasse tanzt, möchte ich erst recht nach Hause gehen. Warum muss sie so froh aussehen? Das ist ungerecht! Sie kann Fußball spielen, tanzen und mit Freunden zusammen sein. Ich drücke mich noch enger an die Wand. Weg von der Mutter neben mir, weg von den Tanzenden. Rutsche bis zum Fenster und hinter den Vorhang.

»Hallo«, sagt Barto, der bereits dort sitzt. »Vor wem versteckst du dich denn?«

»Vor allen, glaub ich. Und du?«

»Pernilla und Bella«, antwortet er und nimmt eine salzige Lakritzstange aus der Bonbontüte und steckt sie in den Mund. »Die nerven echt.«

»Ich weiß«, sage ich. »Die sind total nervig.«

»Manchmal stehen die sogar vor unserem Haus und rufen nach mir. Das ist doch verboten.«

»Du solltest dir eine Wasserpistole anschaffen. Und sie nass spritzen.«

Barto sieht mich bewundernd an und hält mir seine Bonbontüte hin.

»Danke«, sage ich und nehme mir ein Lakritz.

»Tanzt du gern?«, fragt er.

»Nee. Du?«

»Ich hasse es«, antwortet Barto und hält mir noch mal die Tüte hin.

»Dann geht es uns beiden ähnlich«, sage ich. »Die lassen uns einfach nicht in Frieden.«

»Wenn wir nicht gerade hinter einem Vorhang sitzen.« Barto grinst.

Plötzlich habe ich ihn sehr gern. Er ist kein bisschen nervig.

Wir bleiben einfach sitzen, bis die Disco zu Ende ist und die normalen Lichter wieder angehen. Als wir hinter dem Vorhang vorkommen, entdeckt Bella uns. Sie starrt uns erstaunt an. Und sauer und traurig. Alles gleichzeitig. Ich lächle.

»Wir sehn uns.« Barto haut ab.

»Ich habe gedacht, du bist gar nicht gekommen«, sagt Konrad.

»Doch, aber ich habe hinter dem Vorhang gesessen.«

Konrad guckt verwirrt.

»Warum das denn?«

»Sie hat da mit Barto gesessen!«, sagt Pernilla Klatschmaul Olsson anklagend. Als ob das verboten wäre.

»Wieso, kennst du ihn?«, fragt Wilma.

»Ja, wir sind beste Kumpel«, antworte ich und lächle noch breiter.

Noa lächelt nicht. Sie geht hinaus in die Halle und zieht ihre Jacke an. Wir stehen ein Stück voneinander entfernt und warten darauf, abgeholt zu werden. Papa kommt als Erster. Ich steige schnell hinten ein.

Bevor ich angefangen habe, Noa zu hassen, sind wir immer im selben Auto gefahren. Jetzt muss sie auf Nadja warten.

»Hast du Spaß gehabt?«, fragt Papa.

»Megaviel Spaß«, antworte ich. »Das war die beste Disco, auf der ich je war.«

»Und hast du viel getanzt?«

»Nö, ich habe hinter einem Vorhang gesessen.«

Für jeden anderen als mich ist es wohl schwer zu verstehen, wieso es nichts Lustigeres gibt, was man auf einer Disco machen kann.

Papa versteht es jedenfalls nicht.

Schwere Fragen ohne gute Antworten

»Welche Mama würdest du wählen, wenn du sie dir aussuchen könntest?«, fragt Mama mich eines Tages, als ich nach einem weiteren sinnlosen langweiligen Schultag nach Hause komme. Das Einzige, was Spaß gemacht hat, war das Murmelnspielen mit Konrad und Olle.

»Dich.«

»Das weiß ich, aber nach mir«, sagt Mama.

Ich denke über alle Mütter nach, die ich kenne. Es ist schwer.

»Nadja«, sage ich schließlich. »Sie ist dir am ähnlichsten.«

Mama sieht zufrieden aus.

»Gute Wahl! Ich hätte sie auch gern als Mama gehabt.«

»Und du – wen würdest du als Tochter wählen, wenn du mich nicht hättest?«

»Bist du verrückt?«, sagt Mama. »Ich will nur dich haben, dich, dich, dich! Du bist doch die perfekteste aller perfekten Töchter.«

»Nicht immer«, sage ich.

»Doch, für mich immer«, sagt Mama.

»Nein, das sagst du nur, weil du musst«, sage ich sauer.

»Dann nehme ich Anna-Stina«, sagt Mama.

»Wer ist das?«, frage ich.

»Keine Ahnung«, sagt Mama. »Aber es wäre nett, sie kennenzulernen.«

So reden wir manchmal, Mama und ich.

Denken uns dumme Fragen aus. Auf die es eigentlich keine Antworten gibt.

Alma

Alma feiert nie ihre Geburtstage, dafür feiert sie Freitage. Freitags backt sie immer einen Sandkuchen. Alle anderen Tage der Woche feiert sie Ragnar mit einem Leberpastetenbrot. Alma hat ungefähr schon viertausend Freitage gefeiert.

»Du bist meine beste Freundin«, sage ich zu Alma und stopfe mir trockenen Sandkuchen in den Mund. »Obwohl du schon so alt bist.«

Zumindest ist sie diejenige, die ich am häufigsten treffe. Sonst habe ich nur noch einen Kumpel. Barto. Jedenfalls sagen wir »Hallo« zueinander, wenn wir uns in der Schule sehen. Am lautesten sage ich »Hallo«, wenn Bella oder Pernilla in der Nähe sind.

Alma spricht nie über Mama oder Noa. Sie fragt auch nicht, wie es in der Schule geht und ob ich das Fußballspielen nicht vermisse. Sachen also, über die alle anderen am liebsten reden.

Wenn wir genug Sandkuchen gegessen haben, puzzeln wir. Alma hat gerade ein neues angefangen. Die Puzzleteile bedecken den ganzen Esstisch. Wenn es fertig ist, soll es eine berühmte amerikanische Brücke werden, aber es besteht eigentlich nur aus blauem Himmel. Mir wird langweilig, wenn ich es nur anschaue.

»Soll ich mit Ragnar rausgehen?«, frage ich.

»Wenn er will«, sagt Alma. Sie hat gerade zwei passende Himmelteile gefunden.

Ragnar und Alma tun nichts, was sie nicht wollen. So was hält Alma für Zeitverschwendung. Manchmal sehne ich mich danach, auch viertausend Freitage alt zu sein und nichts mehr tun zu müssen, was ich nicht will. Jetzt tue ich meistens nur Sachen, die ich *nicht* will.

Häufig will Ragnar sofort wieder nach Hause, wenn er auf der anderen Straßenseite gepinkelt hat, aber heute macht er brav einen Spaziergang mit mir. Zufällig kommen wir an Noas Haus vorbei. Ihr Fahrrad ist nicht da.

Ich frage mich, wo sie ist. Wahrscheinlich mit Bella und Pernilla zusammen. Denn heute ist kein Fußballtraining.

Gute Tage

Mama hat einige gute Tage gehabt. Dann kann sie lachen und spielen und liegt nicht wie ein Klacks Kartoffelbrei unter einer Decke auf dem Sofa herum und döst vor sich hin mit einem Gehirn aus Hafergrütze. Jedenfalls sagt sie, dass es sich so anfühlt.

Sie ist so munter, dass sie beschließt, ein Fest zu feiern, obwohl niemand Geburtstag hat. Ist sie vielleicht auf dem Weg, gesund zu werden? Will sie das jetzt feiern? Dass ihr Krebs wieder weggeht. Das ist früher ja auch schon passiert. Er ist verschwunden, bis er an einer anderen Stelle wiederauftauchte. Jetzt sitzt er in ihrer Lunge und im Skelett.

Je mehr ich darüber nachdenke, umso sicherer bin ich. Und umso froher. Ich bin so froh, dass ich sogar Fangen spielen kann, als Noa dabei ist. So froh, dass ich fast vergesse, sie zu hassen.

»Wir sehen uns morgen«, sagt Noa am Freitag zu mir.

»Was habt ihr vor?«, fragt Wilma.

»Wir gehen auf ein Fest«, antwortet Noa zufrieden und lächelt ihr breitestes Lächeln. Nur für mich.

Ich sage nichts. Wie gewöhnlich. Aber ich bin ungewöhnlich froh.

Als ich nach Hause radle, wird mir klar, dass ich Noa nicht

mehr zu hassen brauche, wenn Mama gesund wird. Denn dann hat Noa nicht recht gehabt. Ich sehne mich nach morgen. Dann wird Mama erzählen, dass sie wieder gesund wird, und Noa und ich werden endlich wieder beste Freundinnen.

Das Fest

Sofia und Kerstin sind bereits gestern Abend gekommen, und jetzt sind Mama und Sofia schon wer weiß wie lange im Badezimmer. Es klingt, als hätten sie Spaß.

Ich versuche, die Tür zu öffnen, aber sie ist abgeschlossen.

Mama hat es geschafft, in den ersten Stock zu gehen, und das ist ein weiterer Beweis, dass sie wieder ganz gesund wird. Ich ziehe das Kleid an, das sie schon für die Schulabschlussfeier im Sommer gekauft hat. Ich habe ein warmes, frohes Sommergefühl. Froh, weil Mama wieder gesund wird. Froh, weil Noa und ich wieder Freundinnen werden können.

Sogar die Sonne strahlt und in der Küche gibt es massenhaft zu essen. Trotzdem bereiten Papa, Lucas und Kerstin immer noch mehr vor. Ich helfe, Gläser und Teller auf den Tisch zu stellen. Dann gehe ich wieder nach oben.

Die Badezimmertür steht jetzt offen, Mama schminkt sich schwarz um die Augen. Ihre Haare leuchten flammend rosa. Blenden mich. Ich muss mehrere Male blinzeln.

»Was hast du gemacht?«, flüstere ich.

»Ist das nicht krass?« Mama lächelt ihr Spiegelbild an.

Ich schüttle den Kopf. Ihre Haare machen mich stumm.

»Ich wollte schon immer rosa Haare haben«, sagt Mama, »aber ich habe mich erst heute getraut. Du kannst dir überhaupt nicht vorstellen, wie wunderbar es ist, etwas zu tun, das man sich vorher nie getraut hat.«

Ich betaste ihre Haare. Es ist irgendein Haarzeugs drin, das ein bisschen pikst.

»Du siehst aus wie ein rosa Igel«, sage ich. Und ich versuche mich daran zu gewöhnen. Das ist schwer!

»Mich macht es froh«, sagt Mama. »Jetzt bist du an der Reihe.«

Mama kämmt meine Haare aus und flicht mir einen Zopf. Der reicht mir bis zum Po.

»Wie lang deine Haare geworden sind«, sagt sie.

»Weiß ich. Vielleicht lasse ich sie mir abschneiden.«

»Ehrlich?« Mama sieht erstaunt aus.

»Findest du das nicht gut?«

Mama begegnet meinem Blick im Spiegel.

»Es sind deine Haare«, sagt sie. »Das entscheidest du allein. Lass niemand anderen bestimmen, was hübsch oder hässlich, richtig oder falsch ist. Guck mich an. Ich musste siebenunddreißig werden, bevor ich mich getraut habe, mir die Haare rosa zu färben. Ich habe so viel nicht gewagt und werde wohl auch nicht mehr alles schaffen.«

Ich schaue Mama an und alle Freude in mir ist weg.

»Ich habe gedacht, wir feiern ein Fest, weil du gesund wirst.«

Mama schaut auf mich herunter und schüttelt ihren Igelkopf.

»Geliebtes Gänseblümchen. Ich fürchte, ich werde nie wieder gesund. Ich versuche nur, mich am Leben zu halten, solange ich kann.«

Ich bekomme Schmerzen in der Brust und mein Herz, das

schon so kaputt ist, hat kaum noch Kraft zu schlagen. Ich lasse mich auf den Toilettendeckel sinken. Die Tränen machen mein neues Kleid nass.

»Du, Amselchen.«

Mama kniet vor mir und hebt mein Gesicht mit beiden Händen an. Sie sind warm und weich. Ich sehe Mama in die Augen. Sie haben dieselbe Farbe wie das polynesische Meer. Ein Meer voller Liebe. Ich versuche mir vorzustellen, dass sie sich eines Tages vielleicht nicht mehr öffnen und mich anschauen werden. Aber ich kann es nicht.

»Ich hab dich lieb«, sage ich zu Mama. »Ich hab dich millionenfach lieb!«

»Und ich dich erst«, sagt Mama und kichert. »Ich habe dich fantastillionenfach lieb.«

Ich wasche mir das Gesicht mit kaltem Wasser.

»Fertig?« Mama streckt mir die Hand hin.

Ich nehme sie.

Unten hören wir die Gäste reden und lachen. Es wird still, als Mama und ich die Treppe herunterkommen.

»Johanna!«, ruft Oma und hält sich die Augen zu. »Was hast du getan!?«

Ich glaube nicht, dass Oma rosa Haare mag.

Noa steht neben Nadja. Sie trägt genauso ein Kleid wie ich. Plötzlich sehe ich, dass das Kleid potthässlich ist, und ich weiß, dass ich nie wieder vergessen werde, Noa zu hassen.

Ich will umkehren und nach oben laufen und mich in meinem Zimmer einschließen. Aber es geht nicht.

Mama hält meine Hand ganz fest.

Patentanten

Ein Fest macht wirklich keinen Spaß, wenn man dauernd aufpassen muss, einer bestimmten Person nicht zu nahe zu kommen. Noa zum Beispiel. Trotzdem geht es ganz gut. Wir haben uns ja daran gewöhnt, so zu tun, als ob es die andere nicht gäbe. Ich halte mich möglichst in Lucas', Abbes und Kerstins Nähe auf. Ausnahmsweise lässt Lucas es zu. Manchmal ist er ein netter großer Bruder.

Vor dem Essen, nachdem Mama sich eine Weile auf dem Sofa ausgeruht und etwas Sauerstoff eingeatmet hat, steht sie auf und klopft an ihr Glas. Papa stellt sich neben sie.

Mama holt tief Luft.

»Lucas und Lea hatten bisher keine Patentanten. Ich wollte die beiden einfach mit niemandem teilen ... Aber heute möchte ich meinen Kindern das Beste schenken, was ich ihnen geben kann.«

»Wusstest du das?«, frage ich Lucas.

»Nein.« Er sieht genauso froh aus, wie ich mich fühle. Also kein bisschen froh.

»Sie hätte uns fragen sollen«, zische ich, als Mama uns zu sich winkt.

»Stimmt«, sagt Lucas.

Das hier fühlt sich schlimmer an, als ein Referat vor der Klasse zu halten, und das ist das Schlimmste, was ich kenne.

Ich hasse Mama.

Obwohl ich es nicht darf.

Mama lächelt mich und Lucas an. Wir lächeln nicht zurück.

»Es ist nicht leicht gewesen, mich zwischen all den fantastischen Frauen in diesem Zimmer zu entscheiden«, sagt Mama. Sie muss eine Atempause einlegen. Und ein bisschen weinen.

Fast alle in unserem Wohnzimmer schniefen. Am lautesten weint Oma. Opa putzt sich die Nase. Es ist, als würden seine Tränen in die Nase fließen. Nur ich und Lucas haben trockene Augen. Lucas sieht aus, als würde er lieber Schweinescheiße essen, als hier zu stehen.

»Lucas«, flüstere ich. »Wenn du wählen müsstest, ob du einen Teller mit Kuhscheiße oder einen Klacks Hundescheiße essen müsstest, was würdest du nehmen?«

»Kuhscheiße«, antwortet Lucas. »Die Hundescheiße drücke ich dir ins Gesicht.«

Mir wird fast schlecht. Aber Lucas sieht ein bisschen fröhlicher aus. Papa guckt uns streng an. Mama inhaliert noch etwas Sauerstoff. Als sie fertig ist, wendet sie sich an Sofia und Nadja.

»Versprecht ihr, dass ihr immer für unsere Kinder da sein und sie lieben und ihnen helfen werdet, wenn ich es nicht mehr kann?«, fragt sie die beiden.

»Ich verspreche es«, sagt Sofia, macht zwei große Schritte vorwärts und drückt Lucas an ihre Brust.

Ich schaue zu Boden, als Nadja verspricht, die beste Patentante der Welt zu werden. Mir ist schon klar, dass Mama das tut, weil sie selber nicht mehr so lange für uns da sein kann, wie wir sie brauchen. Und weil sie uns nicht ganz allein lassen will. Aber trotzdem.

Und obwohl ich zu Boden schaue, sehe ich, wie Noa sich zwischen den Erwachsenen nach vorn drängt. Wie gesagt, ich habe einen eingebauten Noa-Radar.

»Jetzt sind wir Schwestern«, sagt sie und lächelt.

Eine Hälfte von mir will zurücklächeln. Die Hälfte, die vergisst, dass ich sie hasse.

»Muss zum Klo«, sage ich.

»Ich auch«, sagt Noa. »Wollen wir zusammen gehen?«

Eine Hälfte von mir will nichts lieber, als dass Noa wieder auf dem Badewannenrand sitzt, während ich aufs Klo gehe. Aber ich schüttle den Kopf und mache ein paar Schritte rückwärts.

Noa sieht enttäuscht aus. Aber ich darf nicht vergessen, sie zu hassen. Und ich kann ihr einfach nicht verzeihen. Ich weiß gar nicht mehr, wie man das macht.

Schlechter, immer schlechter

Nach dem Fest geht es Mama immer schlechter. Es ist, als würde alle Kraft aus ihr herausfließen. Dann muss sie wieder für ein paar Tage ins Krankenhaus. Und auch, als sie nach Hause kommt, geht es ihr nicht besser. Wenn ich abends im Bett liege, höre ich sie furchtbar lange weinen. Länger, als ich sie jemals habe weinen hören. Papa weint auch.

Man kann nicht schlafen, wenn man Mama und Papa so schrecklich weinen hört. So schrecklich lange. Ich stehe auf und klopfe an Lucas' Tür. Er ist schon im Bett, obwohl es erst neun Uhr ist, hat Kopfhörer auf den Ohren und guckt sich einen Film an.

»Darf ich bei dir schlafen?«, flüstere ich.

Er zeigt auf den Platz an der Wand.

»Wird Mama jetzt sterben?«, flüstere ich.

»Ich glaube, ja«, flüstert Lucas.

»Wann?«, flüstere ich.

»Ich weiß es nicht«, flüstert Lucas.

»Ich bin schuld«, flüstere ich. In meinen Augen brennen Tränen. »Dass sie stirbt.«

Lucas wendet mir sein Gesicht zu.

»Weil ich Noa nicht genug hasse«, sage ich. »Obwohl ich es versuche, so doll ich kann, vergesse ich es manchmal.«

Lucas schüttelt den Kopf.

»Mensch, bist du dämlich. Du musst doch kapieren, dass es nicht deine Schuld ist. Und was hilft es Mama, wenn du Noa hasst? Es macht doch alles nur noch schlimmer!«

Lucas weiß fast alles, trotzdem wage ich nicht, ihm zu vertrauen. Auch die, die alles wissen, können sich mal irren.

In dem Film werden Leute von bösen Robotern erschossen und erschlagen, dass das Blut nur so spritzt. Aber sie sterben nicht in echt. Sie tun nur so, als ob. Wenn sie mit dem Sterben im Film fertig sind, stehen sie einfach wieder auf, duschen, kaufen ein und essen was Leckeres mit ihren Kindern zu Abend. Aber das geht in Wirklichkeit nicht.

Mama und Papa erlauben mir nicht, solche Blut-spritz-Filme zu sehen. Ich finde, für Kinder sollte lieber die Wirklichkeit verboten werden. Die Wirklichkeit, in der ihre Eltern abends weinen und in der man nicht vergessen darf, seine beste Freundin zu hassen, sicherheitshalber.

In Lucas' Bett ist es ziemlich krümelig. Ich wische etwas Brot und ein paar Chipsbrösel vom Kissen und schließe die Augen. Als ich fast eingeschlafen bin, gibt Lucas mir einen Kuss auf die Backe. Er glaubt wahrscheinlich, dass ich schon schlafe.

»Hab keine Angst, ich kümmere mich um dich«, flüstert er.

Ich kann mich nicht erinnern, dass Lucas mir je einen Kuss gegeben hat. Wenn man einen großen Bruder hat, ist die Wirklichkeit nicht mehr ganz so verboten für Kinder.

Ich werde mich auch um ihn kümmern.

Bartos Rache

Ich höre, wie Bella und Pernilla Klatschmaul Olsson sich verabreden, nach der Schule zu Barto zu gehen. In der großen Pause sehe ich, wie er mit einem Freund den Schulhof verlässt, obwohl man das nicht darf. Ich renne hinter ihnen her.

»Die kommen heute zu dir nach Hause«, sage ich atemlos.

»Verdammt«, sagt Barto.

»Ich habe ein paar Wasserpistolen im Ranzen«, sage ich.

Aber ich erzähle ihm nicht, dass ich sie schon seit der Disco dabeihabe. Sicherheitshalber, falls Barto sie braucht.

»Kann ich die leihen?«, fragt er.

»Klar«, antworte ich. »Ich bring sie dir vorbei.«

»Klasse«, sagt Barto.

»Bis dann«, sage ich, als ob es die normalste Sache der Welt wäre, nach Schulschluss noch zu Barto zu gehen. Dabei kann ich mich nicht mal mehr daran erinnern, wann ich zuletzt jemanden aus der Klasse besucht habe.

Die Stunden nach der großen Pause schleppen sich hin.

»Warum lächelst du?«, flüstert Frau Molin, als sie sich über mein Matheheft beugt.

»Wegen nichts«, antworte ich lächelnd.

Barto wohnt in einem Mietshaus im Mohnweg, im dritten Stock. Er hat einen Balkon zur Straße hin. Wir füllen die Wasserpistolen und einige Plastiktüten mit Wasser. Die Plastiktüten sind Bartos Idee. Dann warten wir. Und warten. Ich habe Hunger, traue mich aber nicht, um etwas zu essen zu bitten. Zu Hause bei Noa wäre ich einfach an den Kühlschrank gegangen und hätte mir etwas genommen. Bei Noa habe ich mich zu Hause gefühlt, bei Barto fühle ich mich zu Besuch.

Wenn man nicht viel zu reden hat, vergeht die Zeit sehr langsam. Sie bleibt fast stehen und die Zehen gefrieren zu Eis auf dem kalten Balkonboden. Barto guckt mich sauer an, als wäre ich schuld, dass sie nicht kommen.

»Wenn ich Geburtstag habe, machen wir immer eine Wasserschlacht«, sage ich, nur um etwas zu sagen. »Wasserschlachten sind das Beste überhaupt.«

»Aha«, sagt Barto.

»Wenn du willst, kannst du auch kommen. Ich habe im August Geburtstag.«

»Mal sehen«, sagt Barto.

Plötzlich merke ich, dass mir Tränen in die Augen steigen, und ich drehe schnell den Kopf weg. Wenn ich das nächste Mal Geburtstag habe, wird Mama nicht dabei sein. Oder Noa. Noa, die Wasserschlachten genauso gernhat wie ich. Was hat es dann überhaupt für einen Sinn, Geburtstag zu haben?

Zum Glück hören wir Bella und Pernilla Klatschmaul Olsson, lange bevor wir sie sehen. Ich wische mir mit dem Ärmel über die Augen und wir ducken uns hinter den blauen Windschutz am Balkongeländer.

Mein Magen schlägt einen Purzelbaum und mein Herz hämmert wütend, als ich sehe, wer bei ihnen ist. Noa. Nie hätte ich geglaubt, dass sie eine alberne Jungsjägerin wird.

Bella und Pernilla Klatschmaul Olsson steigen von ihren Rädern und stellen sich unter den Balkon. Noa bleibt auf ihrem Fahrrad sitzen und fummelt an ihrer Armbanduhr herum.

»Barto!«, schreien Bella und Pernilla Klatschmaul Olsson. »Barto!«

»I love you!«, ruft Bella.

»Ich auch!«, ruft Pernilla Klatschmaul Olsson. »I love you so sehr!«

Barto und ich gucken uns an, richten uns auf und werfen die prallvollen Plastiktüten nach unten.

Sie knallen wie Granaten, als sie auf der Straße platzen, und das Wasser spritzt über Bella und Pernilla und ganz bis zu uns herauf. Bella und Pernilla stolpern kreischend übereinander und fallen hin. Noa, die geübte Wasserkriegerin, springt vom Fahrrad und sucht Schutz hinter einem Auto.

Barto und ich lachen uns halb tot. Bella und Pernilla Klatschmaul Olsson nicht.

»Hast du dir etwa in die Hose gepinkelt?«, rufe ich vom Balkon und treffe Pernilla Klatschmaul Olsson mit einem perfekten Strahl.

Sie starrt mich blöde an, Bella auch.

»Es ist verboten, mit Wasser auf Leute zu zielen«, schreit Bella.

»In welchem Gesetz steht das?«, fragt Barto und verfehlt Bella um mindestens einen Meter. Er kann wirklich nicht gut treffen.

»Aber vor allem ist es verboten, Leute zu verfolgen!«, schreie ich und treffe Bella. Ich treffe immer.

Barto und ich klatschen uns ab.

»Jetzt ist meine Jacke hin.« Pernilla Klatschmaul Olsson ist so wütend, dass sie mit dem Fuß aufstampft und zu weinen anfängt.

»Ich hasse euch!«, schreit Bella und fängt auch an zu weinen.

»Das ist gut!«, schreit Barto. »Ich hasse euch auch.«

»Och«, sagt Noa und wagt sich hinter dem Auto hervor. »Das ist doch bloß ein bisschen Wasser.«

Ich hebe die Wasserpistole und ziele auf sie.

»Ich ergebe mich!«, schreit Noa und hebt die Hände. »Bitte, können wir uns nicht wieder vertragen!«

Und die ganze Zeit lächelt sie zu mir herauf, sodass mir ganz warm wird. Vielleicht ist es die Sonne, die hinter einer Wolke hervorschaut.

Ich schieße einen langen Strahl auf sie.

Ich verstehe nicht, wie ich sie verfehlen kann.

Und dann ist die Sonne hinter den Wolken verschwunden

Aber offenbar darf ich nicht besonders lange froh sein.

Als ich nach Hause komme, ist das Krankenhaus in unser Wohnzimmer eingezogen. Mama liegt in einem Krankenhausbett, so einem, das man hochstellen und herunterfahren kann. Ein Pfleger, er heißt Markus, befestigt gerade eine Kanüle in ihrer Hand.

Ich fühle, wie die Noa-Sonne, die mich auf dem ganzen Heimweg begleitet hat, schwächer wird.

»Hallo, Lieblingsamsel«, sagt Mama und streckt mir eine Hand hin, die ohne Kanüle. »Wo bist du gewesen?«

»Bei Barto«, antworte ich.

»Wie schön.« Mama lächelt, aber nur mit dem Mund. Ihre Augen sind traurig und müde.

Ich setze mich auf ihr neues Krankenhausbett, und Mama bohrt ihre Nase in meinen Nacken.

»Du riechst nach Harz«, sagt sie und schnüffelt an mir herum, bis es so sehr kitzelt, dass ich den Kopf zurückziehen muss. »Mein Lieblingsduft.«

Ich schaue Mama an. Etwas ist anders mit ihr. Ich weiß nicht, was. Aber es ist etwas, das mir Angst macht. Mamas dürfen sich nicht verändern. Mamas müssen immer gleich bleiben.

Eine Oma muss nicht immer gleich sein, jedenfalls meine nicht. Aber das ist sie. Sie steht in der Küche und weint in die Suppe. Als ich hereinkomme, hört sie auf zu weinen.

»Pernillas Mama hat angerufen. Sie war furchtbar aufgeregt. Sie sagt, du und ein Junge, ihr habt Pernilla mit Wasser beworfen. Ihre Jacke ist total verdorben.«

Oma sieht mich an, als wäre es ihre Jacke, die nass geworden ist.

»Eine Jacke kann doch nicht von so ein bisschen Wasser hin sein«, sage ich und muss trotz allem kichern.

»Wie kannst du nur ...« Oma wischt sich mit der Schürze über die Augen. »Wenn doch alles ... Denk wenigstens an deine Mama. Ein Glück, dass ich am Telefon war. Stell dir vor, wie traurig sie wäre.«

Ich schmiere mir eine Scheibe Brot und nehme sie mit nach oben.

Pernilla Klatschmaul Olsson kann einem schon einen guten Tag verderben und sogar schlechte Tage kann sie noch schlechter machen.

Ein Monat Leben

Ich vermisse Fußball so sehr, dass ich sterben könnte. Vermisse Petters Flüche und sogar den säuerlichen Geruch im Umkleideraum. Besonders große Sehnsucht habe ich, wenn ein Fußballspiel stattfindet. Papa meint, wir könnten ja wenigstens hinfahren und zugucken. Aber das will ich nicht. Ich mag nicht Fußball gucken. Ich will mitspielen. Bei Papa ist es genau umgekehrt.

Gestern hat Petter wieder angerufen, auf Papas Telefon. Deshalb musste ich mit ihm reden. Er sagte, dass die Mannschaft mich vermisst. Das verstehe ich. Dass sie mich vermissen. Erst recht jetzt, wo die Hallensaison zu Ende geht und wieder draußen gespielt wird und wir nicht mehr an erster Stelle der Liga sind. Ich habe Petter zum x-ten Mal gesagt, dass ich aufgehört habe. Wie gewöhnlich hat er es nicht verstanden. Kein Wunder. Ich verstehe es ja selbst nicht mal.

»Kannst du nicht ein bisschen fluchen«, sagte ich.

»Verdammte Rotzgöre!«, sagte Petter und knallte den Hörer auf.

Dann rief er noch mal an und bat um Entschuldigung.

»Aber es macht mich stinkwütend, dass du dein Talent so verschleuderst. Ich weiß, dass es dir beschissen geht. Das verstehe ich. Aber meinst du nicht, dass du gerade deshalb zurückkommen solltest? Ein bisschen Spaß haben, den ganzen Scheiß aus dir rausrennen?«

»Nein«, sagte ich und legte auf.

Was Petter nicht weiß, ist, dass ich megagut im Hochhalten geworden bin. Heute habe ich einen neuen Rekord aufgestellt. Sechsundachtzig. Noa schafft nur achtundvierzig. Jedenfalls soweit ich weiß. Vielleicht trainiert sie ja auch.

Die Sonne scheint, sie scheint schon die ganze Woche. Heute fühlt es sich wie Sommer an. Alma sitzt in der Sonne und löst Kreuzworträtsel. Ragnar hechelt im Schatten und guckt mir beim Hochhalten zu. Er ist viel zu dick und faul, um auch nur zu versuchen, nach dem Ball zu schnappen.

Sechsundfünfzig, siebenundfünfzig, zähle ich im Kopf, als Papa auf die Terrasse hinauskommt und ich die Kontrolle verliere.

»Mama und ich wollen mit dir reden.«

Der Ball rollt davon und bleibt in der Hecke zwischen Alma und uns liegen. Die Hecke hat jetzt Blätter, und als ich gestern mit Ragnar Gassi gegangen bin, habe ich Himmelschlüsselchen gepflückt.

»Worüber?«, frage ich, obwohl ich ahne, dass etwas nicht in Ordnung ist. Das merke ich sofort.

Lucas sitzt schon in dem Sessel im Wohnzimmer und ihm ist anzusehen, wie mulmig ihm ist. Ich setze mich zu Mama aufs Sofa.

Die Sonne scheint durchs Fenster und in ihrem Licht tanzt

der Staub. Das Einzige, was zu hören ist, sind Mamas Atemzüge. Kurz. Schnell. Sie schaut zwischen Lucas und mir hin und her.

»Komm«, sagt sie zu ihm und klopft auf die freie Stelle neben sich.

Lucas steht auf und setzt sich auf Mamas andere Seite. Sie nimmt meine kalte Hand in ihre eine und Lucas' Hand in ihre andere. Papa setzt sich auf die Armlehne neben mir und versucht, uns alle drei zu umarmen. Zum Glück hat er lange Arme und nur zwei Kinder und eine Frau. Sonst hätten seine Arme nicht gereicht.

Mama atmet angestrengt, ich atme überhaupt nicht. Es juckt mich am ganzen Körper und ich pule Schorf von einer Wunde am Schienbein. Sie fängt wieder an zu bluten.

»Du Ekel«, zischt Lucas.

»Selber Ekel«, sage ich.

»Jetzt streitet euch nicht«, sagt Papa.

»Bitte«, sagt Mama.

Lucas und ich sind still, obwohl ich weiß, dass ich nicht hören will, was sie uns sagen wird.

»Die Ärzte können mir nicht mehr helfen«, sagt Mama. »Mein Körper ist zu schwach.«

»Es kann doch besser werden«, flüstere ich. »Später.«

Mama schüttelt den Kopf, und obwohl ich sehe, dass sie dagegen ankämpft, laufen ihr Tränen über die Wangen.

»Aber es gibt doch Wunder«, sage ich. »Das hast du selber mal gesagt. Sie können eine neue Medizin entdecken. Das können sie.«

»Ja«, sagt Lucas, »das können sie.«

»Nein«, sagt Mama. »Für mich ist es zu spät.«

»Wie, zu spät?« Lucas' Stimme klingt schrill. Wie ein Schrei.

»Die Ärzte sagen, ich habe noch einen Monat.«

»Wie, einen Monat?«, frage ich. »Was bedeutet das? Ein Monat von was?«

Ich höre meine Stimme wie aus weiter Ferne. Obwohl ich weiß, dass ich schreie. Es rauscht viel zu laut in meinen Ohren. Als ob dort ein ganzer Birkenwald eingezogen wäre.

»Ein Monat zu leben«, sagt Mama.

»Nein!«, schreit Lucas und drückt seinen Kopf in Mamas Schoß. Er weint, dass es ihn schüttelt. Mama weint auch. Und Papa.

Es ist unbegreiflich.

In einem Monat gibt es meine Mama nicht mehr.

In einem Monat ist sie tot.

In einem Monat kann sie nicht mehr abwaschen.

Nicht einmal weinen. Oder ihre Lieblingsband hören.

Das ist unbegreiflich.

Es geht einfach nicht.

Mein Gehirn zerreißt.

Mein Herz ist schon kaputt.

»Darf ich wieder raus und kicken?«, frage ich.

»Ja«, sagt Mama. »Geh nur raus und spiel Fußball.«

Zusammen

Alles, was ich will, ist, dass alles wie immer ist. Dass ich eine ganz normale Mama habe, die nicht in einem Monat sterben wird. Aber jetzt ist nichts wie immer, deshalb darf ich von der Schule nach Hause gehen, wann immer ich will. Frau Molin versteht, dass ich plötzlich Angst kriege, Mama könnte nicht mehr da sein, wenn ich nach Hause komme. Wenn man solche Angst hat, ist es ziemlich schwer, sich auf Mathe, Substantive und englische Vokabeln zu konzentrieren. Aber dann muss ich zu Hause lernen. Sonst muss ich die Klasse vielleicht wiederholen.

Offenbar wird man nicht versetzt, wenn man zum Beispiel nichts über das Mittelalter weiß oder kein interessantes Referat halten kann. Vielleicht wäre es gut, wenn ich die Klasse wiederholen müsste, denn dann wäre ich nicht mehr in Noas Nähe und würde nicht mehr ständig ihre Blicke spüren, die mir kleine Löcher in den Nacken bohren.

Auch wenn ich Noa jetzt nicht mehr zu hassen brauche, weil Mama trotz allem sterben wird, habe ich sie so lange gehasst, dass ich nicht mehr damit aufhören kann. Manchmal denke ich, dass ich nur zu ihr zu gehen und sie zu fragen brauche, ob wir uns nicht wieder vertragen wollen. Aber ich tue es nicht. Ich kann nicht. Ich habe vergessen, wie man das macht.

Zum Glück haben die anderen in der Schule und in der Klasse wohl vergessen, mich zu bemitleiden.

Oft, wenn ich nach Hause komme, schaut Mama sich eine Serie an oder sie schläft. Man ist wahrscheinlich furchtbar müde, wenn man bald sterben wird. Ich dagegen kann kaum noch schlafen. Manchmal schleiche ich mich nachts hinunter ins Wohnzimmer, nur um zu hören, ob Mama noch atmet. Ich sitze im Dunkeln und schaue zu, wie sich ihre Brust hebt und senkt.

Manchmal wird Mama wach. Dann krieche ich zu ihr ins Bett, und manchmal wird Papa wach, der unter einer Decke auf dem Sofa schläft. Er trägt mich zurück in mein Bett und bleibt neben mir liegen, bis ich wieder einschlafe.

Aber heute fühle ich mich ungewöhnlich normal. Denn heute hat Konrad oder besser gesagt Olle mich gefragt, ob Konrad Chancen bei mir hat.

Wir standen in der Schlange vor der Essensausgabe und ich habe »Ja« geantwortet.

Das war alles. Nur dass Konrad mich jetzt ungewöhnlich oft anlächelt. Konrad hat ziemlich große Schneidezähne. Deshalb wird er manchmal Kaninchen genannt. Ich finde Kaninchen süß.

Ich hatte noch nie einen Freund, weder einen mit großen noch einen mit kleinen Zähnen. Wollte ich auch gar nicht. Verliebtsein interessiert mich nicht besonders. Ich interessiere mich mehr für Fußball.

Als Konrad mich in der Mathestunde zum mindestens siebenundzwanzigsten Mal angelächelt hat, gehe ich nach Hause. Ich will Mama erzählen, dass ich einen Freund habe, und sie fragen, was man macht, wenn man mit jemandem zusammen ist. Ob man sich küssen muss oder so was. Leider schläft sie. Und Papa auch. Auf dem Sofa. Er hat anscheinend ganz und gar aufgehört zu arbeiten. Wenn man nicht arbeitet, verdient man kein Geld. Wenn man kein Geld verdient, kann man keine Rechnungen bezahlen. Dann kann man obdachlos werden. Das hat uns Frau Molin erklärt, als wir über die Bettler vor dem Supermarkt gesprochen haben. Dass jeder obdachlos werden kann.

Ich setze mich so an meinen Schreibtisch, dass ich sehen kann, ob Noa nach der Schule bei uns vorbeiradelt. Ich hätte gern mit ihr über Konrad geredet. Vielleicht ist sie auch schon mit jemandem zusammen?

Lucas und Abbe sitzen in der Küche und schaufeln Spaghetti in sich rein. Sie haben immer Hunger. Ich mach mir ein Butterbrot. Aber es ist kein Käse mehr da. Der liegt auf Abbes Spaghetti. Ich kenne niemanden, der so viel essen kann wie er.

»Ich habe einen Freund«, sage ich. Irgendjemandem muss ich es ja erzählen.

Ich glaube, sie haben es nicht gehört. Ich spreche so leise, und sie haben Kopfhörer auf den Ohren. Jedenfalls antworten sie nicht.

Plötzlich fühle ich mich sehr, sehr einsam. Obwohl ich einen Freund und alles habe.

Was man nicht wissen will

Wenn man nicht will, dass jemand liest, was man auf seinem Laptop schreibt, muss man sich ausloggen. Das hat Mama vergessen. Ich habe es entdeckt, als ich mir ihren Laptop geliehen und mit in mein Zimmer genommen habe. Meine neuen Lieblingsserien sehe ich am liebsten allein.

Es dauert eine Weile, ehe ich kapiere, was sie da geschrieben hat. Lange Listen mit Geburtstagsgeschenken für Lucas und mich. Bis wir fünfundzwanzig sind.

Wenn ich vierzehn werde, soll ich einen BH bekommen. Einen weißen. Aber was, wenn ich bis dahin noch gar keinen Busen habe? Jedenfalls sieht es noch so aus, als würde ich nie einen kriegen.

Und wer soll den BH kaufen, frage ich mich. Papa? Das wäre wahnsinnig peinlich. Mit Papa in die Wäscheabteilung eines Kaufhauses zu gehen. Oder hat Mama schon einen besorgt? Liegt schon irgendwo in einer Schublade ein BH und wartet darauf, dass ich vierzehn werde?

Zum fünfzehnten Geburtstag soll ich eine Staffelei und Ölfarben bekommen. Aber wenn Papa und ich dann obdachlos sind, wo sollen wir die Sachen aufbewahren? Wenn Lucas sechzehn wird, soll er eine eigene E-Gitarre kriegen. Die, die er jetzt hat, ist Schrott, sagt er. Ich finde, sie klingt gut. Auf jeden Fall ist sie laut.

Wenn Lucas und Abbe Musik machen, wackelt das ganze Haus. Man spürt, wie die Bässe im Herzen grollen. Das ist irgendwie toll. Aber sie haben schon lange nicht mehr bei uns gespielt. Vielleicht machen sie jetzt bei Abbe zu Hause Musik, wo niemand im Sterben liegt.

Ich weiß, dass man auf keinen Fall, auf gar keinen Fall, heimlich im Laptop von anderen herumschnüffeln darf. Das ist, als würde man im Tagebuch von jemandem lesen. Trotzdem kann ich es nicht lassen. Ich klicke mich sogar auf Mamas Facebook-Seite.

Ich wünschte, Mama hätte nicht vergessen, sich auszuloggen. Ich wünschte, ich hätte nicht gelesen, wie traurig sie ist und was für eine Angst sie hat, uns zu verlassen. Und wie unglücklich sie ist, dass sie mich nicht aufwachsen sehen wird, nicht wissen kann, ob Lucas genau so einen Bart kriegt wie Papa … Nie ihre Enkel kennenlernen wird.

Ich klappe den Deckel zu. Schließe die Augen, halte mir die Ohren zu und versuche zu vergessen, was ich gelesen habe. Aber es verschwindet nicht. Die Worte tun weh, brennen und bluten. Es ist, als würde ich erst jetzt begreifen, dass Mama wirklich sterben wird. Dass der Tod für immer ist. Nicht, wie wenn jemand für eine Weile verreist und ein bisschen brauner zurückkehrt, als er vorher war. So hatte ich es mir wohl vorgestellt.

Ich weiß nicht, woher all die Tränen kommen. So habe ich noch nie geweint. Es ist wie ein Schrei, der niemals endet.

Lucas kommt in mein Zimmer gestürzt. Abbe ist dicht hinter ihm.

»Papa!«, schreit Lucas. »Komm schnell! Beeil dich!«
Papa hebt mich vom Fußboden auf. Hält mich ganz fest.
»Mama wird sterben!«, schreie ich.
»Ich weiß«, sagt Papa.
»Ich will das nicht!«, brülle ich. »Ich will nicht!«
»Ich weiß«, sagt Papa. »Ich weiß.«
Lucas fängt an zu weinen, Abbe auch.
Papa hält mich fest, ganz fest.
Trotzdem kann ich nicht aufhören zu zittern.

Man kann sich auf niemanden verlassen

Ich gehe überhaupt nicht mehr in die Schule. Ich will Mama nicht verlassen. Und sie will mich nicht verlassen.

Wir versuchen, uns an den Gedanken zu gewöhnen.

Ohneeinander zu sein.

Ich will auch sterben. Genau gleichzeitig mit Mama.

»Nein«, sagt Mama. »Du willst leben.«

»Aber dann bist du so allein«, sage ich.

»Ich glaube nicht, dass man allein ist, wenn man tot ist«, sagt Mama und verschränkt ihre Finger mit meinen. »Ihr kommt ja hinterher.«

»Das kann aber doch schrecklich lange dauern. Bevor wir kommen.«

»Nach dem Leben gibt es keine Zeit mehr«, sagt Mama. »Es ist genau wie im Weltraum.«

»Aber wie willst du mich denn wiedererkennen?«, frage ich besorgt. »Wenn ich fünfundachtzig bin. Dann bin ich doch uralt. Sogar viel älter als du.«

Mama fährt mir mit den Fingern durch die Haare.

»Ich glaube, darum braucht man sich keine Sorgen zu machen. Und übrigens, wenn du alt bist, wird man vielleicht hundertsiebzig.«

»Wenn man nicht vorher Krebs bekommt«, sage ich.

»Bis dahin hat man wahrscheinlich eine Wundermedizin gegen diese Scheißkrankheit erfunden«, sagt Mama.

Dann kommen Markus und Amanda, die Pfleger, die Mama helfen. Sie kommen mehrmals am Tag. Ich gehe jedes Mal in mein Zimmer, um etwas anderes zu tun. Zum Beispiel lernen.

Lucas hilft mir, falls ich Hilfe brauche. Und Abbe. Seit ich zusammengebrochen bin, sind sie sehr, sehr lieb zu mir. Am schönsten ist es, wenn Abbe mir hilft, denn er wird nicht so wütend wie Lucas, wenn ich etwas nicht kapiere.

Ich schaue vom Buch auf und genau in Abbes Augen. Sie sind braun, und er hat lange Wimpern. Abbe ist süß. Vielleicht bin ich doch ein kleines bisschen in ihn verliebt. Obwohl ich mit Konrad zusammen bin.

»Hast du es jetzt verstanden?«, fragt er.

»Ja, jetzt weiß ich alles über Magnetismus«, antworte ich, obwohl das nicht stimmt.

»Gut«, sagt Abbe. »Noch was?«

»Ja«, sage ich. »Also … falls Lucas nach Stockholm zieht, können wir uns nicht trotzdem weiter treffen?«

»Klar«, sagt Abbe. »Auf mich kannst du dich immer verlassen.«

Es ist ein schönes Gefühl, jemanden zu haben, auf den man sich immer verlassen kann. Im Gegensatz zu Mama und Lucas, die mich verlassen werden. Also, ich glaube jedenfalls, dass Lucas nach Stockholm ziehen wird.

»Darf ich manchmal auch zu dir nach Hause kommen und bei dir schlafen?«, frage ich.

»Was?« Abbe guckt mich an, als wäre ich verrückt geworden.

»Nur im Winter, wenn es zu kalt ist«, erkläre ich.

Abbe sieht zu Tode erschrocken aus und geht, bevor ich ihm erklären kann, dass ich mir Sorgen mache, Papa und ich könnten obdachlos werden.

Ich höre Abbe und Lucas in Lucas' Zimmer lachen und knalle meine Tür zu, damit ich die beiden nicht mehr hören muss. Da reißt Lucas meine Tür wieder auf und kommt, ohne anzuklopfen, herein.

»Hör auf, mit meinen Freunden zu flirten«, sagt er grinsend. »Dafür bist du noch viel zu klein.«

»Ich habe nicht geflirtet«, sage ich und werde ganz rot vor Schämfieber.

»Mach das jedenfalls nicht noch mal«, sagt er und geht wieder.

Ich habe immer geglaubt, flirten ist, wenn man jemandem zublinzelt. Habe ich Abbe etwa zugeblinzelt, ohne es selbst zu merken?

Ich reiße die Tür zu Lucas' Zimmer auf.

»Ich habe schon einen Freund«, sage ich. »Nur damit ihr es wisst.«

»Wen denn?«, fragt Lucas. Ihm ist anzusehen, dass er mir nicht glaubt.

»Konrad«, antworte ich.

»Der mit den Kaninchenzähnen?«, fragt Lucas.

»Ich finde Kaninchen süß«, sage ich und merke, dass ich Abbe zublinzle, obwohl ich es gar nicht will.

»Raus!«, schreit Lucas und wirft mit einem Buch nach mir.

Abflughalle

Lasse kommt aus Neuseeland hergeflogen. Er hat Mama nicht mehr getroffen, seit wir dort gewesen sind. Da war ihr noch nicht anzusehen, wie krank sie ist. Jetzt sieht man es. Aber wir sehen sie ja jeden Tag und haben uns daran gewöhnt.

»Schwesterherz«, sagt Lasse. »Verflucht, Schwesterchen!« Und dann sitzt er fast nur noch schweigend da und hält ihre Hand.

Tagsüber ist bloß unsere Familie zu Hause, aber nachmittags strömen die Leute nur so herein. Frau Molin bringt mir Hausaufgaben. Nadja, Abbe, Oma, Opa sind sowieso fast immer da. Mamas Freundinnen kommen vorbei und sitzen eine Weile bei ihr. Einige von ihnen haben auch Krebs und keine Haare mehr. Ein paar bringen etwas zu essen mit, alle haben Blumen dabei Bei uns sieht es langsam aus wie in einem Blumenladen. Wir essen im Wohnzimmer, weil Mama nicht mehr aufstehen kann.

»Fast, als säßen wir in einer Abflughalle«, sagt Mama, »und warteten auf unseren Flug.«

»Hoffentlich hat der ordentlich Verspätung«, sagt Lasse und schluckt und schluckt.

»Ich fand es immer schon scheußlich, euch hinterherzuwinken, wenn ihr verreist«, sagt Opa und putzt sich die Nase. »Wenn es gerecht zuginge, wäre ich an der Reihe, in dieses Flugzeug zu steigen.«

»Und ich.« Oma fängt an, den Tisch abzuräumen, obwohl noch nicht alle mit Essen fertig sind.

Sie will vermutlich raus in die Küche und weinen.

Es klingelt an der Haustür. Draußen stehen Konrad und Olle. Konrad lächelt.

»Hallo«, sage ich und merke, dass ich genauso rot werde wie er.

»Du warst schon länger nicht mehr in der Schule, deshalb wollten wir dich mal besuchen«, sagt Olle.

»Aber vielleicht willst du lieber rauskommen«, sagt Konrad.

»Okay.« Ich hole meine Jacke von der Garderobe.

Wir fahren mit dem Rad zum Park. Mamas Kastanie oben auf dem Hügel hat Blätter bekommen und das Gras riecht nach Gras. Olle niest wie verrückt, weil er allergisch gegen Pollen ist.

»Wann kommst du wieder in die Schule?«, fragt Konrad von der Schaukel neben mir.

»Danach«, antworte ich und hole noch mehr Schwung. Höher und höher fliege ich.

Höher als Mamas Kastanienbaum.

»Bald machst du einen Überschlag!«, schreit Konrad.

»Ich habe keine Angst«, sage ich und schaukle noch ein bisschen höher.

Es fühlt sich fast so an, als könnte ich den Himmel mit den Füßen berühren.

Eine Ewigkeit

Ich stehe am Fenster, als Noa nach der Schule vorbeiradelt. Ich hebe die Hand und winke. Sie gerät kurz ins Schwanken und fährt weiter. Ohne zu winken.

Man kann ja nicht erwarten, dass die beste Freundin bis in alle Ewigkeit wartet.

Keine Angst vor gar nichts

Mein langer Zopf fällt mir nicht länger weit über den Rücken. Er liegt im Waschbecken. Die übrigen Haare stehen in Büscheln nach allen Seiten ab. Ich sehe aus wie jemand ganz Anderes. Den Zopf will ich einem Perückengeschäft schenken. Als Mama zum ersten Mal die Haare verloren hat, hatte sie auch eine Perücke. Später war es ihr egal. Sie sagte, sie fühle sich gesünder ohne.

Ich öffne den Badezimmerschrank und nehme den Rasierapparat heraus. Der, den Mama benutzt, wenn ihre Haare ausfallen.

Ich stelle ihn auf zwei Millimeter ein.

Papa weckt Mama mit einem Aufschrei, als mein neues Ich ins Wohnzimmer kommt.

»Was hast du getan?!«, ruft er. »Wo ist meine Lea mit ihren schönen Haaren?«

»Weg«, sage ich.

Mama lächelt mich breit an.

»Wow«, sagt sie, »wie hübsch du bist.«

»Jetzt sehe ich dir ähnlich«, sage ich und lege eine Hand auf meinen stachligen Igelkopf, der sich überhaupt nicht wie mein Kopf anfühlt. Dieser fühlt sich viel besser an.

»Ich habe doch gesagt, dass ich noch lernen werde, alle möglichen Zöpfe und Pferdeschwänze zu machen, was du willst«, sagt Papa.

Er sieht aus, als würde er gleich weinen.

»Deshalb habe ich es nicht gemacht«, sage ich. »Ich will es so. Nur darum.«

»Aber deine Haare … Ich habe sie so gern. Oder hatte sie gern …«

Papa guckt weg, als könnte er es nicht ertragen, mich anzusehen.

»So ist es viel besser«, sage ich.

»Psycho«, sagt Lucas und kippt etwa zwei Kilo Süßigkeiten in eine Schale.

Abbe schaut mich anerkennend an.

»Cool!«

Vielleicht ist er ein kleines bisschen in mich verliebt.

Ich flirtblinzle ihm zu. Mein linkes Auge kann es einfach nicht lassen. Sobald es Abbe sieht, muss es blinzeln.

Lucas versetzt mir einen Schlag.

»Hör auf damit!«

»Pass auf, meine Frisur«, sage ich und nehme mir von dem Süßkram.

Mama hat beschlossen, ungesund zu leben. Süßigkeiten sind ungefähr das Einzige, was sie noch essen mag. Das ist das Gute daran, wenn man sterben muss. Man braucht sich keine Sorgen mehr zu machen, ob man Löcher in den Zähnen kriegt.

Ich mache mir deswegen auch keine Sorgen.

Ich habe vor gar nichts mehr Angst.

Delfinschwestern

Obwohl ich eine Mütze aufgesetzt habe, zieht es kalt, als ich mit dem Rad losfahre. Mein Kopf ist nicht an frische Luft gewöhnt. Er ist mein ganzes Leben von Haaren geschützt gewesen.

Ich fahre, so schnell ich kann, damit ich es mir nicht noch anders überlege, ehe ich da bin. Als ich ankomme, bin ich total aus der Puste. Mein Herz hämmert.

Kaum habe ich geklingelt, öffnet Noa die Tür.

»Entschuldige«, sage ich. »Entschuldige bitte, dass ich dich gehauen habe. Entschuldige, dass ich dir die Schuld an allem gegeben habe.«

»Entschuldige bitte, dass ich das gesagt habe«, sagt Noa.

»Aber du hattest ja recht«, sage ich. »Mama muss sterben.«

»Ich weiß«, flüstert Noa. »Aber du hattest auch recht. Meine Mama wird auch sterben, nur nicht so bald.«

Wir stehen bloß da und schauen uns an. Schauen uns unendlich lange an, während wir wieder beste Freundinnen werden. Ich spüre, wie sich meine Mundwinkel nach oben bewegen. Noas auch. Unsere Lippen haben sich wahrscheinlich danach gesehnt, einander wieder anzulächeln. Sie können gar nicht mehr damit aufhören.

»Ich habe dich jeden Tag bei uns vorbeifahren sehen«, sage ich.

»Ich weiß«, sagt Noa mit glitzernden Augen. »Ich habe dich hinterm Vorhang gesehen.«

»Dass du das durchgehalten hast«, sage ich.

»Ich hätte nie aufgegeben«, sagt Noa.

»Danke«, sage ich.

Nachdem wir eine Million Sekunden so gestanden haben, nehme ich die Mütze ab.

Noa schnappt nach Luft.

»Darf ich mal fühlen?«

»Klar«, sage ich.

»Du brauchst jedenfalls nie mehr Angst zu haben, dass dir die Haare ausfallen«, sagt Noa. »Jetzt weißt du, dass du auch ohne gut aussiehst.«

Ich hole einen Filzstift aus der Tasche und gebe ihn Noa.

»Zwei Delfine«, sage ich. »Delfinschwestern.«

»Und einen Hai«, sagt Noa, die weiß, dass Haie Mamas Lieblingstiere sind.

Ich fühle, wie die Delfinschwestern auf meinem Kopf spielen und wie die Haimama sie vor allen Gefahren beschützt.

Ich werde nie wieder jemanden hassen. Vor allen Dingen nicht Noa.

Wert, dafür zu sterben

Nun kann ich ruhig sterben«, sagt Mama. »Jetzt wo sich die Delfinschwestern endlich wieder vertragen haben.«

»Ich habe es gewusst«, sage ich und lächle Noa an. »Dann müssen wir uns eben wieder verkrachen.«

»Und stirbst du dann nicht?«, fragt Noa Mama. »Dann bin ich lieber bis ans Lebensende verkracht.«

»Doch«, antwortet Mama. »Ich fürchte, doch.«

»Wir verkrachen uns nie mehr«, sage ich. »Nie, nie mehr.«

»Vielleicht doch«, sagt Mama. »Aber beim nächsten Mal wisst ihr, wie man sich wieder verträgt.«

»Ja«, antworten wir im Chor.

Im Gegensatz zu mir bekommt Noa nicht schulfrei, aber sie kommt zu uns, sobald die Schule aus ist. Wir liegen auf meinem Bett und reden und reden und pulen am Wundschorf der anderen. Noa hat mehr als ich. Sie spielt ja auch Fußball.

»Warum wird man eigentlich geboren, wenn man doch sterben muss?«, sagt Noa.

Ich wickle mir ihr langes Haar um die Finger.

»Aber wenn wir nicht geboren worden wären, hätten wir uns ja nie getroffen.«

»Da hast du recht«, sagt Noa. »Das ist es wert, dafür zu sterben.«

Mit Noa neben mir im Bett kann ich endlich ruhig schlafen, obwohl es sehr eng ist. Wahrscheinlich sind wir zu groß geworden, um in einem Bett zu schlafen.

»Dafür werden wir nie zu groß«, sagt Noa und lässt ihre Morgenpupse los, dass die Bettdecke vibriert. Noa ist das größte Pupsferkel. Niemand kann so laut pupsen wie sie und gleichzeitig so zufrieden aussehen.

Ich laufe zu Mama hinunter, um sicherzugehen, dass sie noch lebt. Das tut sie, aber sie schläft.

Es sind schon zwölf Tage vergangen, seit Mama erfahren hat, dass sie nur noch einen Monat zu leben hat.

Noch achtzehn Tage.

Engtanz

Papa hat uns gebeten, heute Abend keine Freunde mit nach Hause zu bringen. Lucas und ich liegen auf seinem Bett und gucken einen Film. Eine Komödie. Es ist wirklich seltsam, dass man so sehr lachen kann, wenn man eigentlich traurig ist.

»Manchmal muss man es vergessen dürfen«, sagt Lucas, der ungewöhnlich lieb zu mir ist.

»Was macht ihr?« Papa steckt den Kopf durch den Türspalt, während er gleichzeitig anklopft. Er hat die Jogginghose gegen einen schwarzen Anzug getauscht und duftet gut.

»Gucken einen Film«, sagt Lucas. »Du wolltest doch, dass wir uns nicht blicken lassen.«

»Gut«, sagt Papa. »Macht weiter so.«

»Warum bist du so schick?«, frage ich.

»Ich habe eine Verabredung.« Papa lächelt.

Als der Film zu Ende ist, schleichen wir die Treppe hinunter. Aus dem Wohnzimmer ertönt Musik und Kerzen flackern. Mama und Papa stehen mitten im Zimmer und haben sich umarmt. Wiegen sich im Takt der Musik. Mama trägt ihr bestes Kleid und beide haben die Augen geschlossen.

Nie will ich vergessen, wie sehr sie einander geliebt haben.

Man weiß nicht, wie es danach sein wird

Wir brauchen dich in der Mannschaft«, sagt Noa und schneidet Tomaten für den Salat. »Wann willst du wieder anfangen?«

»Danach«, antworte ich und schneide eine Gurke. »Glaube ich.«

»Du bist jedenfalls schon mal zum nächsten Pokalspiel angemeldet«, sagt Noa. »Du kommst doch mit?«

»Weiß nicht. Ich weiß nicht, wie es danach ist.«

Denn so ist es. Ich weiß nicht, wie es ist, keine Mama mehr zu haben. Vielleicht wird man dann eine andere, eine, die lieber Klavier als Fußball spielen will. Eine, die nur noch weint. Wenn man weint, kann man nicht Fußball spielen. Dann kann man den Ball nicht sehen. Ehrlich, ich weiß ja noch nicht mal, ob wir nicht obdachlos werden. Jedenfalls ist unser Geld knapp.

Ich habe gehört, wie Papa das zu Opa am Telefon gesagt hat.

Wenn jemand krank ist und nicht arbeiten kann, verdient er weniger Geld. Wenn jemand nicht krank ist, aber trotzdem nicht arbeiten kann, verdient er noch weniger Geld. Papa sagt, dass ich mir deswegen keine Sorgen zu machen brauche. Er hat gut reden. Ich mache mir trotzdem Sorgen.

Papa sieht sogar schon aus wie ein Obdachloser. Sein Bart ist richtig lang geworden und er läuft nur noch in kaputten Jogginghosen und einem T-Shirt voller Flecken herum. Sogar, wenn er einkaufen geht. Lucas und ich weigern uns, mitzugehen. Wir schämen uns zu sehr.

»Klar kommt Lea mit zum Pokalspiel«, sagt Papa und verrührt Kichererbsen.

»Warum ist das so klar?«, frage ich.

»Weil wir was Lustiges unternehmen müssen, auch wenn alles so traurig ist. Das habe ich Mama versprochen. Und das Versprechen werde ich halten.«

Wir werden unterbrochen, weil es an der Tür klingelt. Zum zehnten Mal. Mindestens. Alle wollen sich von Mama verabschieden.

Es sind Konrad und Olle. Konrad reißt die Augen auf, als er mich sieht. »Hast – hast du jetzt auch Krebs?«, stottert er und macht einen Schritt rückwärts.

»Ich wusste gar nicht, dass Krebs ansteckend ist«, sagt Olle und macht ebenfalls einen Schritt rückwärts.

Ich kapiere gar nichts.

»Deine Haare«, sagt Olle. »Du hast deine Haare verloren.«

»Nein, ich habe sie abrasiert. Cool, nicht?!«

Die beiden sehen nicht so aus, als würden sie das auch finden.

»Wer ist da?«, ruft Papa.

»Niemand!«, rufe ich.

»Doch«, schreit Noa. »Es ist Leas Freund.«

Lucas und Abbe kommen die Treppe heruntergepoltert und Papa kommt aus der Küche gestürzt. Es gibt keine neugierigere Familie als meine.

Die Türöffnung wirkt plötzlich ganz schmal.

»Ist es der mit den roten Ohren?«, fragt Papa.

Ich nicke.

»Ich muss doch dem Freund meiner Tochter Guten Tag sagen.« Papa streckt seine Hand aus. Konrad hält seine Hand vorsichtig hin und sie wird ordentlich geschüttelt.

Lucas grinst so gemein, wie nur ein großer Bruder grinsen kann. Olle und Noa kichern. Konrad wird nur noch röter.

»Oh, und ich dachte, du bist in mich verknallt«, sagt Abbe, »und willst mit mir zusammenziehen.«

»Nee«, sage ich, »ich wollte nur bei dir duschen, wenn Papa und ich obdachlos werden. Aber das brauche ich nicht mehr. Jetzt kann ich bei Noa wohnen, wenn es kalt ist.«

Papa guckt mich verständnislos an, aber ich mache mir nicht die Mühe, es ihm zu erklären.

»Ist das Konrad?«, ruft Mama aus dem Wohnzimmer. »Bringt ihn zu mir.«

Ich glaube, Konrad und Olle werden es bis in alle Ewigkeit bereuen, dass sie an unserer Tür geklingelt haben.

Die verrückte Familie

Konrad und Olle tun mir wirklich leid. Ihnen bleibt gar nichts anderes übrig, als ihre Schuhe auszuziehen und hereinzukommen. Konrad hat ein Loch im Strumpf, durch das sein großer Zeh rausguckt.

Auf dem Sofa sitzen Oma, Opa und Lasse. Im Sessel sitzt Papas Vater, der ganz aus Norrköping gekommen ist, und auf Mamas Bettkante sitzt Nadja.

Konrad und Olle müssen allen die Hand geben. Jetzt sind Konrads Ohren so rot, dass ich fürchte, sie könnten anfangen zu brennen.

»Aha«, sagt Opa und hält Konrads Hand fest. »Du bist also Leas Verlobter. Willkommen in der Familie.«

Konrad versucht seine Hand zurückzuziehen, aber die sitzt fest. Opa ist stark. Obwohl er schon so alt ist. Aber er ist ja auch Tischler.

»Wann habt ihr euch denn verlobt?«

»Uns verlobt?«, piepst Konrad. Er kann ja nicht wissen, dass mein Opa Weltmeister im Veräppeln ist.

»Na, du hast doch hoffentlich ehrliche Absichten mit meiner Enkelin. Irgendwann werdet ihr wohl heiraten.«

»Heiraten?«, flüstert Konrad und kriegt noch rötere Ohren. Jetzt stehen sie fast in Flammen.

»Ach, er macht bloß Spaß«, sage ich.

Konrad sieht erleichtert aus.

»Jetzt bin ich an der Reihe.« Mama klopft auf ihre Bettkante.

Wenn man nicht an sehr kranke Menschen gewöhnt ist, die hier und da Schläuche am Körper und außerdem leuchtend rosa Igelhaare haben, kann der Anblick ziemlich erschreckend sein. Das sehe ich Konrad an, deshalb nehme ich seine Hand.

»Hallo«, sagt Mama und lächelt ihn an.

»Hallo«, flüstert Konrad.

»Du bist genauso hübsch, wie Lea gesagt hat.«

Konrad wirft mir einen schnellen Blick zu. Jetzt ist er so rot, dass seine Sommersprossen kaum noch zu sehen sind.

»Oh, die erste Liebe.« Sie schaut ihn genau an und streichelt seine Backe. »Aber jetzt muss ich mich eine Weile ausruhen.«

Mama atmet angestrengt, legt sich zurück aufs Kissen und schließt die Augen.

»Kommt«, sage ich.

Wir gehen hinauf in mein unordentliches Zimmer. Gestern habe ich nämlich beschlossen, endlich mit Aufräumen anzufangen, und Noa hat mir geholfen. Wir haben als Erstes Schubladen und Schränke ausgeräumt, um zu sehen, was aufbewahrt werden soll und aus welchen Sachen ich rausgewachsen bin. Bisher liegen erst einige ausgetrocknete Filzstifte, zwei kaputte Playmobil-Figuren ohne Kopf, ein einsamer Schuh aus der Verkleidekiste und zwei Puzzleteile auf einem Haufen. Alles andere kann noch nicht weg.

»Ich räume gerade auf«, sage ich.

»Merkt man gar nicht«, sagt Konrad und setzt sich auf mein ungemachtes Bett.

»Wollen wir was mit Kapla bauen?«, fragt Noa.

»Nee«, antwortet Olle.

»Wir können auch malen«, sage ich.

»Nein«, sagt Konrad. »Das ist langweilig.«

»Dann gehen wir raus«, sagt Olle.

»Ja«, sagen Noa und Konrad.

»Nein«, sage ich.

»Aber sie schläft doch meistens«, sagt Noa.

»Und wenn sie aufwacht?«, sage ich. »Und mit mir zusammen sein will. Und ich bin nicht da?!«

Eigentlich habe ich am meisten Angst davor, nicht hier zu sein, wenn sie nie mehr aufwacht.

»Wir können uns ja küssen«, sage ich.

»Okay«, sagen die anderen.

Also machen wir das. Uns küssen. So toll ist das gar nicht. Dann spielen wir Karten, obwohl zwei Fünfer und ein König fehlen.

Am Abend rufe ich Konrad an und mache Schluss. Ich kapier nicht, warum man überhaupt zusammen sein soll. Ich spiele jedenfalls lieber, als jemanden zu küssen.

Ich glaube nicht, dass Konrad besonders traurig war.

Ehrlich

»Lea, ich muss dich was fragen.« Mama guckt mich ernst an.

»Okay«, sage ich.

»Ich möchte so gern, dass du meinen Sarg bemalst.«

»Darf man das denn?«

»Klar darf man das«, antwortet Mama. »Ich glaube, es wird sehr schön.«

»Und was soll ich malen?«

»Das darfst du selbst entscheiden. Alles andere habe ich entschieden.«

Das stimmt. Mama hat ihre ganze Beerdigung geplant. Den Sarg, die Blumen, die Musik und das Essen, das es hinterher geben soll. Mama sagt, es ist ihr letztes Fest und das soll perfekt werden.

»Aber du bist doch gar nicht dabei«, sage ich.

»Irgendwie werde ich schon dabei sein«, sagt Mama und zieht mich an sich, schnüffelt in meinem Nacken.

Ich merke, dass Mama nicht so riecht wie sonst. Sie riecht anders. Ein bisschen süßlich, und trotz der neuen Medizin, die dafür sorgen soll, dass sie weniger Angst hat und nicht mehr so traurig ist, fängt sie an zu weinen. Ich schlinge meine Arme um sie. Sie hält mich so fest, dass ich fast keine Luft mehr bekomme.

»Wie soll ich es nur schaffen, dich zu verlassen«, weint sie, und ich fühle jede Träne, die auf meinen Stoppelkopf fällt.

Ich weine auch und klammere mich an Mama. Ich will sie nicht loslassen. Mama will auch nicht loslassen. Markus gibt ihr eine Spritze, damit sie schlafen kann.

Mama schläft und schläft und schläft. Nur manchmal wird sie wach. Guckt uns mit fiebrigen Augen an.

In der letzten Woche sind nur wir zu Hause. Mama, Papa, Lucas und ich.

»Entschuldigt«, sagt sie an einem Tag, als sie ein Weilchen länger wach ist. »Entschuldigt, dass ich nicht mehr kämpfen kann.«

»Niemand hat mehr gekämpft als du«, sagt Papa. »Entschuldige, dass wir nicht wollen, dass du uns verlässt.«

Mama steigen Tränen in die Augen, und Papa nimmt sie in die Arme. Wiegt sie wie ein Kind.

»Aber es ist okay, wir werden zurechtkommen«, sagt Papa.

»Das weiß ich«, sagt Mama. »Ihr werdet prima klarkommen!«

Sie schließt wieder die Augen.

»Du darfst gehen«, flüstert Papa.

»Ehrlich?«, fragt Mama.

Papa nickt.

»Ehrlich«, flüstert Lucas. »Ich will nicht, dass du noch länger Schmerzen hast.«

Das will ich auch nicht.

»Ehrlich«, sage ich.

Einfach überall

Mama wacht nicht mehr auf. Sie stirbt um Viertel nach drei in Papas Armen, während ich in meinem Zimmer sitze und male. Sie hört einfach auf zu atmen. Ich glaube, es muss wunderbar für sie sein, nicht mehr bei jedem Atemzug Schmerzen zu haben.

Ich lege mein Ohr auf ihren Brustkorb, aber ihr Herz schlägt nicht mehr.

»Wo ist sie jetzt?«, frage ich.

»Überall«, sagt Lucas. »Einfach überall.«

Der Sarg

Darf ich dir helfen?«, fragt Lucas, als ich den Sarg bemale, der im Wohnzimmer steht, wo Mamas Krankenhausbett gestanden hat.

»Ja«, sage ich.

Ich male Haie, Delfine und Rochen. Ich male die große Kastanie auf dem Hügel im Park. Ich male Mama, die unter dem Blätterdach im Schatten sitzt. Ich male, wie sie und Papa eng umschlungen tanzen. Ich male Lucas und mich.

Lucas malt ihre Lieblingsmusiker und schreibt einige Zeilen der Liedtexte ab, die Mama besonders gern mochte.

Ich glaube fest daran, dass das Schönste noch auf uns wartet.

Life ain't always beautiful, but it's a beautiful ride.

»Eure Mama war ganz schön klug«, sagt Opa und putzt sich die Nase.

Alle, wirklich alle, kommen vorbei und sind traurig und reden über ihre Erinnerungen an Mama.

Lucas und ich malen. Und malen.

Und hören ihre Lieblingsmusik.

Das tun wir mehrere Tage.

Wir malen uns zurück ins Leben.

Mama ist überall.

Wieder da

Ich räuspere mich und schaue über die Klasse. Ich soll mein Referat halten. Die anderen sind schon fertig damit. Pernilla Klatschmaul Olsson flüstert Wilma etwas ins Ohr, Wilma kichert.

Frau Molin macht »Pst« und Noa guckt mich aufmunternd an. Ich kratze mich am Kopf und merke, dass ich vor gar nichts mehr Angst habe.

»Meine Mama hieß Johanna«, fange ich an. »Sie wurde nur achtunddreißig Jahre alt, obwohl sie so gern gelebt hat. Sie hat nichts lieber gemacht. Trotzdem hat sie Krebs bekommen. Jeder kann Krebs kriegen. Am Donnerstag wird sie begraben. Ich bin ein bisschen nervös, weil ich noch nie auf einer Beerdigung war. Ich wünschte, dass kein Kind auf eine Beerdigung gehen muss. Wenn der, der gestorben ist, nicht schon furchtbar, furchtbar alt war. Wie Noas Oma zum Beispiel.«

»Sie ist siebenundachtzig«, sagt Noa.

»Wow«, sagt Olle. »Das ist ja steinalt.«

»Still jetzt«, sagt Frau Molin. »Lasst Lea erzählen.«

»Meine Mama hat mir beigebracht, dass man sich nicht davor fürchten soll, das zu tun, was man will. Zum Beispiel sich die Haare abzurasieren ...«

Ich sehe Wilma und Pernilla Klatschmaul Olsson an. Sie haben mich am meisten damit aufgezogen, seit ich wieder zur Schule gehe. Sie nennen mich Bubi und wollen mir dauernd über den Kopf streichen. Das ist irre nervig. Aber ansonsten ist es tatsächlich schön, wieder in der Schule zu sein. Und obwohl ich merke, dass alle Mitleid mit mir haben, habe ich nicht die geringste Lust, um mich zu schlagen. Ich *bin* ja auch bemitleidenswert.

Frau Molin guckt mich aufmunternd an. Noa formt ihre Finger zu einem Herzen und hält es über ihren Kopf.

»Früher fand ich es furchtbar, mich zu blamieren. Meine Mama fand das nicht. Sie hat gesagt, dass man sich nicht so sehr darum kümmern soll, was andere denken. Einfach ist das nicht.«

Ich muss mehrmals schlucken und merke, wie sich meine Augen mit Tränen füllen. Es fühlt sich an, als würde mich eine Welle von Sehnsucht überrollen. Aber ich bleibe stehen und schaue meine Klassenkameraden an. Niemand scheint zu denken, dass ich mich blamiere.

»Ich vermisse meine Mama so sehr, dass ich manchmal nicht atmen kann«, fahre ich fort, als ich zu schlucken aufhöre. »Und ich würde gern tausend Mal nackt über den Schulhof laufen, wenn sie das zu mir zurückbrächte.«

Alle klatschen. Olle pfeift begeistert.

»Jetzt muss ich die Klasse doch nicht wiederholen, oder?«, frage ich Frau Molin, als die anderen wieder still sind.

»Nein«, sagt Frau Molin und umarmt mich.

Die Beerdigung

Das Beerdigungsinstitut hat den Sarg abgeholt. Ich habe einige meiner Kuscheltiere hineingelegt, damit Mama sich nicht so allein fühlt.

Meine Hände zittern, als ich mir mein geblümtes Tuch aus Polynesien um den Hals binde. Es riecht immer noch nach Meer, Sonne und Glück. Ich hätte auch gern eine Hibiskusblüte im Haar gehabt, aber das ist unmöglich, wenn man weder Haare noch eine Hibiskusblüte hat.

»Wie hübsch du bist«, sagt Papa, als ich mich vor ihm drehe.

Er selbst trägt seinen Anzug. Den, den er anhatte, als er eng umschlungen mit Mama getanzt hat. Lucas hat das T-Shirt angezogen, das Mama am liebsten hatte.

Draußen scheint die Sonne und im Garten singen die Vögel. Ich verstehe nicht, wie sie heute so fröhlich sein können. Begreife nicht, dass Mama niemals wiederkommen wird.

Wir nehmen uns bei den Händen und gehen zur Kirche, wo Mama auf uns wartet. Noa und Nadja stehen bei der Bushaltestelle. Schon von Weitem sehe ich, dass etwas nicht stimmt. Sie haben Mützen auf dem Kopf, obwohl es so warm ist. Ich lasse Papas Hand los und laufe auf Noa zu, die mir entgegenlacht.

Als ich fast bei ihnen bin, reißen sie sich die Mützen vom Kopf. Nadjas Haare leuchten rosa und Noas lange Haare sind verschwunden.

»Wow«, sage ich und fahre ihr über den Kopf. Ihre Haare sind genauso mutig stachlig wie meine.

»Jetzt haben wir beide die kürzesten Haare in der ganzen Schule«, sagt sie zufrieden und streicht sich über die Stoppel. »Du hattest recht. Davor muss man keine Angst haben.«

Vor der Kirche wimmelt es nur so von Leuten. Alle, die wir kennen, und auch viele, die wir nicht kennen, sind da. Die, die Mamas Blog gelesen haben, und ihre Freunde aus dem Krankenhaus. Meine halbe Klasse ist da und viele von Lucas' Freunden. Petter kommt auf mich zu und umarmt mich so fest, dass ich kaum noch Luft kriege.

»Weiß nicht, was ich sagen soll«, flüstert er.

»Arschloch«, flüstere ich.

Papa muss alle begrüßen. Lucas und ich zum Glück nicht, wir gehen mit unseren Patinnen vor in die Kirche. Noa hält mich fest bei der Hand.

Mamas Sarg steht ganz vorn. Ich gehe zu ihm und schaue ihn mir an.

»Mama«, flüstere ich und lege das Ohr auf den Sarg.

Ich glaube, sie hat mir etwas zugeflüstert.

Nach und nach füllt sich die Kirche und als alle sitzen, fängt der Star Wars Song an.

Lucas und ich schauen einander an und lächeln.

Mama ist auf dem Weg zu den Sternen.

Das will sie uns erzählen.

Die Kastanie

Der Sommer ist bald zu Ende und der Baum auf dem Hügel hat schon stachlige Kastanien bekommen. Ich lehne meinen Kopf gegen den Stamm. Auf dem Spielplatz spielen Noa und einige andere Fangen.

Wir haben immer noch die kürzesten Haare in der Klasse, aber sie sind nicht mehr so piksig. Noa will ihre Haare wieder wachsen lassen, aber ich glaube, ich lasse meine so kurz. Das ist praktisch beim Schwimmen und beim Fußballspielen. Wenn ich alt genug bin und es selbst bestimmen kann, färbe ich sie vielleicht rosa oder blau. Aber noch bestimmt Papa. Er hat entschieden, dass ich perfekt bin, so wie ich bin, und erlaubt nicht mal, dass ich mir Löcher für Ohrringe stechen lasse. Möchte wissen, ob Mama es mir erlaubt hätte.

Ich vermisse Mama jeden einzelnen Tag und ich werde sie wohl immer vermissen. Aber die Sehnsucht tut nicht jeden Tag gleich weh. Wenn ich sie am meisten vermisse, so, dass ich selber kaum leben mag, gehe ich hierher, setze mich in den Schatten und male. Heute höre ich eine Geschichte, die ich gestern von Mama zum Geburtstag bekommen habe. Papa hat sie auf mein Handy überspielt.

Ich setze die Kopfhörer auf und drücke auf Play.

Plötzlich ist Mama wieder ganz lebendig.

»Geliebtes Gänseblümchen«, sagt sie. »Stell dir bloß vor, du hast schon wieder Geburtstag. Hoffentlich passt dir der Pullover. Weißt du, den habe ich heimlich gestrickt, wenn du in der Schule warst. Jede Masche enthält einen Ozean voll Liebe.«

»Ja, er passt perfekt«, sage ich und schließe die Augen. »Ich habe ihn jetzt an.«

Es ist ein Gefühl, als würde mich der Pullover umarmen.

»Bist du bereit?«, sagt Mama. »Diese Geschichte ist witzig. Ich glaube, du wirst sehr oft lachen.«

Ich höre, wie Mama das Buch aufschlägt und sich räuspert. Aber bevor sie anfängt zu lesen, kommt Noa den Hügel herauf. Ich drücke auf Stopp.

»Störe ich?«, fragt sie.

»Nein«, sage ich. »Möchtest du zuhören, wenn Mama ein Buch vorliest?«

Noa nickt und setzt sich neben mich. Ich gebe ihr einen der Kopfhörer.

Noas Augen füllen sich mit Tränen, als sie Mamas Stimme hört.

»Hoffentlich ist es eine lange Geschichte«, sagt Noa.

»Ja«, sage ich und rutsche nah, ganz nah zu ihr heran.

Jetzt umarmt Mama uns beide.

So viel Liebe

Meine Mama hat mich bis ans Ende des Universums geliebt.
Jeden einzelnen Tag.
So viel Liebe kann gar nicht sterben.
Meine Mama liebt mich. Immer.
Das werde ich nie vergessen.

Ein Hund für zwei

Anna Woltz
Für immer Alaska
176 Seiten
Gebunden
ISBN 978-3-551-55378-2

Seit Alaska nicht mehr bei ihnen ist, gibt es in Parkers Leben ein riesiges, hundeförmiges Loch. Und das alles nur, weil Parkers kleiner Bruder allergisch gegen Hundehaare ist. Aber es kommt noch schlimmer. Unvermutet sieht Parker Alaska wieder: als Hilfshund für Sven, den gemeinsten Jungen in ihrer neuen Klasse. Bei ihm kann sie Alaska unmöglich lassen. Also schmiedet Parker einen Plan, wie sie den wunderbarsten Hund der Welt zurückholen kann.

www.carlsen.de

CARLSEN